小林光恵

ナイチンゲール7世

Nightingale VII
Mitsue Kobayashi

イースト・プレス

ナイチンゲール7世

ナイチンゲール7世

目次

登場人物紹介

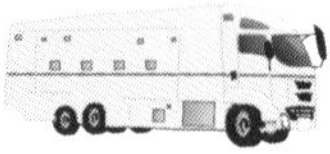

ナイチン号

橘高《きったか》朱理《しゅり》（ナイチン）
ナイチンゲールの子孫で
ハーバード大学院卒の天才看護師。
統計学を駆使する能力を持つ。

倉沢リマ
セラピーハンドという
癒しの特殊能力を持つ
看護師。

犬江《いぬえ》 拳《けん》
医師で総合診療医。
ものすごく発達した
聴覚の持ち主。

小野《おの》薫子《かおるこ》
新米看護師で
チーム・ナイチンの見習い。

久坂《くさか》 椿《つばき》
ナイチンの師匠で、
実は日本看護界のレジェンド。

根津《ねづ》 正一郎《しょういちろう》
ナイチンゲール財団日本支部長
で、
ナイチンの世話役。

月島《つきしま》みゆき
ふわふわ系の
頼れる管理栄養士。

進藤《しんどう》 准一《じゅんいち》（ゾンデ）
厚生労働省の役人。
味方なのか違うのか
手の内の読めない人物。

第1話
認知症者が失踪する街

ナイチンゲール様

はじめまして。あなたの子孫・ナイチンこと橘高《きったか》朱理《しゅり》が、いま自転車に包帯を巻いています。各部の形状に合わせて丁寧かつすみやかに。ロングドレスのような白衣の裾を翻しながら。

彼女は、地球儀や木彫りの熊など、さまざまな物に包帯を巻いているとき、統計にまつわる数値やグラフが絵巻物のように次々と頭に浮かぶそうです。この特殊能力は、やはりあなたの血を受け継いでのことでしょうか。

フローレンス・ナイチンゲール。

１８２０年生まれのあなたの名前は、〝クリミアの天使〟という異名とともに有名ですが、統計学者として才覚をあらわしたことは広く知られていない印象です。棒グラフや円グラフさえ認知されていない時代に、視覚に訴える〝バッツ・ウィング〟

〝ローズ・チャート〟といった独創的な統計図を考案し、病院統計という考え方も確立したというのに。

　イギリスで永遠の眠りについているあなたについて、やさしさあふれる看護者のイメージが浸透し、看護師たちの多くはいまもなおあなたの著書を拠り所にしている。つまりいまも社会に影響を与え続けている。ゆえに7代目まで時代が下っても名を呼ばれるのですね。

　私はナイチンと行動をともにしている倉沢《くらさわ》リマです。ナイチンとはともに勤務先だった病院で知り合いました。私の取り柄はセラピーハンドを持っていること。触り魔であるゆえに授かっている、貴重な能力だと思っています。

　私は、現代日本ではめずらしい大家族の中で、野放しのような育ち方をしましたが、あなたの子孫は、なにをしても偉人の末裔として見られ、苦労が多いようです。

　そんなナイチンに私は成長してほしいと思っている点が1つあります。小さなことですが、彼女の今後の人生を左右する鍵となると考えています。彼女にその変化が起きるまで願をかけるような気持ちで、これからあなたにときどき心の中で話しかけさせてください。

　それと、ナイチンと私たちを、どうか災いからお守りください。

＊

　とある昼下がり。今しがたナイチンゲールに話しかけていた倉沢リマは、春の陽光が柔らかく届く古い佇まいの洋室で、まだ看護師歴の浅い小《お》野《の》薫《かおる》子《こ》とソファに並んで座っています。その視線の３ｍ先では、ロングドレスのような純白の白衣を着ているナイチンが、鮮やかな手つきで包帯を巻いています。この白衣は彼女たちのユニフォームのようです。小野たちがかすかに確認できるほどの音量で、鼻歌も聞こえてきます。延々と繰り返しているのは「エリーゼのために」のメロディ。彼女が鼻歌を歌うときは、いつも決まってこの曲です。ただ、ナイチンがこの曲をお気に入りなのかというと、そうでもないようです。これには、彼女の祖先であるナイチンゲールともちょっとした関係があるのですが、そのわけはのちほど説明しましょう。

「麦穂帯《ばくすいたい》からの環行帯《かんこうたい》に移行したあの感じ、いいねえ」

　そう言いながらリマが目を細めると、小野が彼女の横に身体をくっつけてきて、記憶に新しい知識を披露します。

「麦の穂に似た巻き方が麦穂帯、ぐるぐる巻きが環行帯。包帯法の実践の機会は、整形外科や救急外来など一部の臨床現場以外では、看護師でも案外多くない、ですよね」

「そうだけど、私に説明する必要はないでしょ」

「ですね」

小野は首をすくめてニコッと笑うと声をひそめ、

「ナイチンさん、今日もクールですね。ナイチンゲールの末裔ってことで、どんなときも物腰柔らかくてやさしいと勝手にイメージしてましたけど、想像と違うから最初は少しショックでした。あまり笑わないし。でもまあ、リマさんも同じタイプですね。結構おしゃべりだけど」

と、いたずらっぽい目をします。

「ナイチンゲールの偏ったイメージが、そういう勝手な思い込みを生むんだなあ。ナイチン、普通に笑顔見せるけど。あっ、そっかあ、小野が相手だと笑顔になるタイミングがないのかなー」

と、リマが反撃。

「は？　私に問題が？　私、嫌われてるんですか？　おしえてください」

「やだ」

「後輩がおしえてくださいって言うことには、ちゃんとこたえるものですよ」

「もう！　あなたの口のきき方や態度の大きさには毎回カチンとくる」

　この小野のなれなれしい態度には毎度あきれるものの、素直でかわいいところもあるからと、許してしまうリマです。

「この感じだめですか？　そこそこかわいい私が、プチグラマーな身体で体あたりでがんばってるんですけど。あっ、でも、おふたりの美貌とスタイルのよさには私、足元にも及びませんし、張り合おうとも思っていませんので、どうかカチンとこないでください。おっ、友達から緊急っぽいメールが。なのでこの話は中断しますよ、ちょっと待っててください」

　小野はポケットから取り出したスマホをのぞき込むやいなや「うわっ」と声をあげ、

「件名、青色吐物。えーっと、救急外来に搬送された患者さん、真っ青なスライムみたいなものを嘔吐。トイレの洗浄剤でも飲んだのかな。なんか、絵的にグロテスク映画みたい。なんだろう、これ」

　と、メールの内容を読み上げます。

「それはたぶん」

　すかさず声を上げたのはナイチンです。鼻歌は中断しましたが、作業の手は止めていません。

「睡眠薬フルニトラゼパムによる着色。商品名はサイレース。お酒などに混ぜると色が出るようにしたらどうかと厚労省が製薬会社にうながしたようなの、犯罪の抑止力として。

人を眠らせて悪さをしようとする人がいるから」

ナイチンは推理を終えると、パーテーションの向こう側に「ねっ」と声をかけます。

「ん？　ああ」

医師・犬《いぬ》江《え》拳《けん》の声です。

「ケン先生！」

小野が驚いたようにそう言ったあと、合点したような表情になります。

「いらしたの、わかりませんでした。もしかして、寝てたんですね」

「まあね。君が、さっき、うわっ、って声を上げたあたりまで」

小野の前にあらわれた彼は、長髪をうしろに束ね、フードのついた服の上に丈の長い白衣をふわりと羽織っています。研修医時代に、どこでも短時間でも眠れる、という特技が備わったそうです。人並はずれた聴力の持ち主でもあり、チケットを取れなかったコンサート会場の建物の壁に耳をあて、ライブを楽しんだことも一度ではないと言います。滝沢馬琴作『南総里見八犬伝』に登場するヒーローで実在の人物とされる犬江親兵衛の子孫だと信じている、と語り出すことがあります。

ナイチンが今度は作業の手も止め、小野をちらり見やったあとケンに言います。

「ちょうどクラブのほうに、着色される睡眠薬にまつわるデータ収集の相談中なの」

彼女は、老若男女が集う全国規模の統計クラブを組織していて、その話のようです。

小野はスマホをポケットにしまうと、リマの横にすり寄るように座り小声で言います。

「いま、ナイチンさんのぴりっとした視線が私に向いたのを感じました。たぶん、いまの薬について、派生するさまざまなことを看護師の視点で熟考して実践につなげなければだめなのよ、っていう視線だった気が」

「そうかもね」

リマがあきれたように返事をします。

「ほら、あの、ナイチンゲールの有名な言葉のひとつの、〝to look〟ではなく〝to see〟が大事ってことですね」

と言って「てへっ」と得意げに笑う小野。

「改めて思いますが、ナイチンさんは弱点なんてない感じ」

「あるに決まってるじゃない。人間だもの。特別に、ひとつ、おしえてあげようか」

そう返してリマが耳打ちすると、小野は目を丸くしたあと納得したような表情になりました。


ここはＩ県つくの市にある筑野研究学園都市の一角。

医療用ロボットの開発で有名になった研究所の敷地横に、ナイチンたちがカフェを改築して開業した橘高診療所があります。その隣に、空き家になっていた古い洋館をシェアハウスにして彼女らが住んでいます。両物件とも持ち主にとっては無用の長物となっていたため、かなりの低家賃で借りることができているようです。ナイチンが包帯巻きをしているのは、拠点としているシェアハウス内の、天井の高い20畳ほどあるリビングルーム。

ドアをノックする音がして、久坂椿《くさかつばき》が入ってきました。ナイチンらとお揃いの白衣姿です。白髪の前髪は目の上でまっすぐに切りそろえられ、うしろ髪をべっこうの髪留でとめています。椿はナイチンの看護の師匠であり、生活面の世話役です。

　椿がナイチンに言います。

「明日、春田市入りするのよね」

「はい。出張の準備はおおかた整いました。今回は少し長丁場になるかもしれません」

「了解。留守中は私がしっかり守っておきますから。小野をしごきながらね」

　小野は、あわてて背筋を伸ばします。

　彼女たちは、ナイチンこと橘高朱理をリーダーとした活動集団メディカル・トラブル・バスターズ。通称〝チーム・ナイチン〟。

　もともとは橘高診療所――無床診療所。診療所の管理者は医師でなければならず、総合診療医の犬江拳が管理者となっている――として開業し、外来診療やつくの市内の巡回・訪問診療など柔軟な対応をする診療所として活動をスタートさせました。

しかしまもなく、元同僚の職場の困りごとをたまたまナイチンらが解決するという出来事があり、それが広く知られることに。すると、次々と医療にまつわる困りごとの解決依頼が舞い込むようになり、おもに依頼者の住む地へ出張する形で動きをとるようになりました。

出張時以外には、ナイチン、リマ、小野の看護師３人、そして医師のケンは基本的にシェアハウスの拠点のほうに常駐しています。橘高診療所は現在、ほぼ開店休業の状態ですが、ここを拠り所にしてやってくる人たちには、出張には出ない椿が看護相談という形で応対しています。

ふたたびドアをノックする音。小野が応対すると、オーダーメイドのスーツをエレガントに着こなした、ナイチンのもう１人の世話役でチームメンバーの根津《ねづ》正一郎《しょういちろう》が入ってきました。

彼はドアの前で一旦立ち止まり、みなに向かって会釈をしてからナイチンに歩み寄ります。

「連絡がとれまして、みゆきさんは、一足先に現地に入り、予定通り、精神科の壱ノ瀬病院のスタッフとして勤務しているとのことです。それと、認知症関連の団体についても、順に調査を進めているそうです」

「わかりました」

もう１人のメンバーである月島《つきしま》みゆきはフリーの管理栄養士。基本的に単独で動いていて、ほとんどが現地で合流する形をとっています。

根津は報告が終わると、手にしているＡ４サイズの茶封筒とナイチンの顔を交互に見ながら「ときに、朱理さん。えーっと、出発の前に……」ともじもじしだします。

するとナイチンはその封筒を一瞥し、察したように根津をにらみ「ノーです」ときっぱり。

「えーと……。それでは、またの機会に」

一蹴された根津は、自分で自分を納得させるように何度もうなずいて、すごすごと退散していきます。ナイチンゲール財団日本支部の支部長である彼は、ナイチンの子孫をつなぐことを使命としており、隙あらばお見合い写真を見せようとしてくるのです。

ケンはその様子を目の端でとらえ、左手の中指で自身の腿をトントンと叩いています。リマはすぐそれに気づき、わずかに顔を曇らせます。ケンがナイチンの縁談を気にしていることが気がかりのようです。

チーム・ナイチンが出動する依頼の主のほとんどは、チームの噂を聞きつけた看護師たちです。

今回の依頼主も玉山桐子という45歳の看護師。訪問看護ステーションの管理職に就いている彼女から次のようなメールが届きました。

> 私の住む春田市の壱ノ瀬地区では、昨年までの5年間に、計20人の認知症の高齢者が行方不明になっています。各家庭で失踪届を出していますが、無事に見つかったのは半分だけです。しかも、今年に入ってからの3ヶ月では6人が行方不明になり、いずれも解決にはいたっていないようです。
>
> これまでに失踪して戻ってきていない高齢者は、全員が自宅で過ごしていた認知症の方たちであり、その介護に家族が疲弊している状況だったようです。実は、うちも同じような状態と言えます。私は5年前にこの地区で自宅を購入して住んでいますが、1年前からは両親を呼び寄せて同居しています。母は認知症で症状が進んでしまい、同居する少し前から便コネなどもしはじめました。一人娘の私と父でなんとか看ていますが、我が家の介護の限界もそう遠くありません。
>
> 介護施設を使えばとも考えましたが、地区のグループホームは長い順番待ちの状態

で、精神科病院もグループホームほどではないものの、受け入れが難しい状況が続いています。介護施設の受け入れを待つとしても、その間に母が失踪してしまうのではないかと心配です。

そんな現状もさることながら、この壱ノ瀬地区はなんか変なんです。なんとなく地区全体が思考停止してしまっているような違和感を覚えます。

みんな、失踪が続いていて大変だ、と口では言うものの、誰も現状を打開しようとしないのです。どの家庭も介護と仕事などいろいろなことを両立しなければならなくて、それと向き合うだけで大変、ということはよくわかるのですが……。

私自身も介護疲れや心配で看護師でありながら見えていないものがあるような気がしています。どうか、母やこの地区の認知症の方を、失踪から守ってください。

ナイチンが今度は鼻歌の代わりに「84910、638・4、22・0、140……」と数字を口ずさみながら、自転車にしていた包帯巻きの仕上げにかかります。

「ナイチンさんがいまつぶやいてる数字、なんですか？」

「さあね」

小野がリマにたずねますが、リマには知る由もありません。小野が続けます。

「じゃあ、別の質問。ナイチンさんが、アメリカのハーバード大学医学大学院を首席で卒業したのは人脈をつくる目的もあったんですか？　大金持ちのハタケヤマさんとか、批評家のマンボウさんとかはそのときに知り合ったと聞いてますし」

「いいえ」と間髪入れずにナイチン。

「ハーバード大学院に行ったのは最先端の医学と統計学を学ぶためよ。その頃は看護師以外の道を考えていたから」

「じゃあ、そこから看護大まで首席で卒業したのは、ナイチンゲールの子孫としての使命感とかですか？」

「それはないわね。看護分野ではおもしろそうな統計データがいっぱいとれそうだったから、というところかな。もちろん、そこにいたるまでもそのあともいろいろな気づきがあったからこそ、看護の道へ戻ったんだけどね」

それを聞いて小野は、口を尖らせて「ふーん」とつぶやきながら、ナイチン、リマ、ケンへと目を転じます。

「まあ、考えてみれば、変わってるのはナイチンさんだけじゃないですからね」

相変わらず失礼な物言いをする小野を、リマはしばらくにらんでいました。

同じ日、今回の依頼主の玉山が住む壱ノ瀬地区では、少し前に日が暮れきり、山の麓にあるグラウンドでは照明がともっていました。

その近くにある路地の暗がりから、長距離仕様のトラックがすーっと走り出して国道に出ると、対向車のライトによって、運転手の中年女性と助手席に座る高齢女性の顔がふわりと照らしだされました。


それから2週間後の壱ノ瀬地区の夜。

リマ、ケン、みゆき、根津、そしてナイチンのチームメンバーが、玉山の管理する訪問看護ステーション〝すこやか〟の事務所でミーティングをはじめています。

ナイチンはすこやかの看護アドバイザー、リマとみゆきは壱ノ瀬病院、ケンは近くの診療所で働きながら地区の実情を調査中です。根津は、チームの専用車・ナイチン号――官公庁から払い下げにされた救急車を改造――のドライバー兼、連絡調整役です。

ナイチンがノートを開いてみんなに見せます。

「まず、このメモを見てください。警察庁公表の行方不明者数などの資料を参考にして書き出したものです」

するとリマが、資料を指でなぞりながら声を出します。

「えー、行方不明者の年間の全体数は、８４９１０人、人口10万人あたりの行方不明者数は約６３８・４人」

「そうです」と言ってナイチンが話し出します。

「行方不明の原因や動機別の内訳を見ると、認知症は行方不明者全体の22・0％だから、10万人あたりの認知症の行方不明者は約１４０人となります。しかし、人口８０００人に満たないこの壱ノ瀬地区内で、最近の認知症者の失踪数を見ると、３ヶ月に６人というペースで、年間だと24人と桁違いに多いんです」

「たしかに。その発生率を10万人に換算したなら、えーと、年間３００人くらいになるね」

ケンが発言し、ナイチンがそれにうなずきます。

「それに、全国的には、ここ5年ほどの行方不明者の約98％が所在確認されているのに、この壱ノ瀬地区では過去5年で20人中10人、この３ヶ月では６人全員が行方不明のままです。それで、この地区に限った特殊ケースであり、誘拐の線を疑うのが自然かなと考えたの」

リマがうつむいて首をかしげながら、「えーっと、いまの数値、どこかで聞いた気がするなあ。うーんと」とつぶやくと、顔をあげて「そうだ、自転車に包帯巻いてたときのナイチンの独り言だ」と言って納得したようにうなずき、ふたたび首をかしげて続けます。

「でも、どうして誘拐の線が自然だと考えたの？」

それを受けてナイチンは、ノートに記したメモをさし示して言います。

①自宅で世話をすることが可能だからそうしている家庭
②施設や病院に入るための順番待ちをしている家庭
③施設や病院に入る費用の問題で、仕方なく無理して自宅で世話をしている家庭

「この地区のことを調べたり、玉山さんから追加情報をもらったりしているうちに、失踪して戻っていない方の家庭に１つのパターンがあることに気がついたの。ここに書いたように、認知症の方が自宅で過ごしている状況は３つに大別できるけど、壱ノ瀬地区で失踪して見つかった10人の家庭は、３つのタイプが混在していた。おそらくこれは、他の地区でも起こっている失踪と同じ性格のものね。対して、いまも失踪中の方の家庭はすべて③のタイプだった。合計で16人。これを偶然で片付けるのは、さすがに無理があるわ」

「人為的な選別の目が働いている線が濃厚だということですね。となると、さしあたり①である玉山さん宅は、ターゲットになる可能性は低いってことか。でもいったい、誰がなんのために？　とにかく、次の犯行を起こさないうちに、対策を考えないと」

リマがぶつぶつつぶやいていると、ナイチンがふたたびノートをめくりました。

「実は、失踪中の人たちには、共通点がもう１つあるの。それが、ギリギリヘトヘトの会

に参加していたこと」

北海道出身のみゆきが独特のイントネーションとふわふわした声色で「そうなんですよ～」と言って、続けます。

「もともと、ギリギリヘトヘトの会は③のタイプの人が多いみたいで」

「ギリギリヘトヘトの会？」

ぽかんとするリマを見て、みゆきが補足します。

「この地区にある認知症家族の会がそういう名前なの。認知症は家族も介護で追い込まれてしまうからね。私は認知症関連のいろいろな施設や団体を調査してたんだけど、ここもそのひとつなんだよね」

続いて、依頼人の玉山が補足します。

「その会はたしか、世話人の方が『もう2度と、自分と同じ思いをさせたくない』ってつくったんです。お会いしたことはないんですけど、たしか慰問でも活躍されていて、パワフルな方だと伺ってます」

「たぶん、この地域の認知症家族のことについて、いちばん詳しい人ですよねえ。熱意にも情報量にも圧倒されましたよ。ただ、私がこの前あったときは、少し疲れているようにも見えたけど。あ、ちなみにギリギリヘトヘトの会は、ＧＨの会とも呼ばれてます」

「へぇ～」

と薄めのリアクションをしたリマの横では、ナイチンがノートにささっとメモを加えてから、顔を上げました。

「略称はともかく……みゆきさん、やっぱりこの方がいちばん詳しそうなのね」

「ええ。役所の人よりも知ってる感じでしたね」

「わかりました。次の会は私も参加するようにするわ」

「連れ去りについて、注意を呼びかけないといけないですもんね」

「まあ、そうね」


玄関のチャイムが鳴ったのは、その少しあとでした。たずねてきたのは、清野浩介という男性です。地元の町おこしイベントなどで活躍している彼は、チーム・ナイチンの噂を聞きつけ、時折ここにやってくるようになったのです。彼には、近々開かれる住民交流祭の講演にナイチンを引っ張り出そうという狙いがありました。

ナイチンは条件付きでＯＫを出したのですが、今度はこの条件が清野を困らせていたのです。

「失踪は地区にとっても大事な問題ですから。私どもも協力を惜しみませんよ。ただね、講演で認知症の話はちょっとねえ。できれば、ナイチンゲールの話をメインにしてもらえませんかねえ。それとも、必ず解決するという確証でもあるんですか？」

「なにを持って解決とするかは難しいです。ただ、現状を変えるには、この地区のみなさんの力が必要なんです。その理由を知ってもらうために、講演以上に適した機会はないと考えておりますので」

「と言っても、心に訴えかけるだけじゃどうにもならないでしょう？　具体的な計画とか、あるんですか？」

「その通りです。まだ詰めている段階ではあるんですが、今日お越しいただいたのは、計画の話をさわりだけでも聞いていただくためです。講演についてはそれから判断してもらってもかまいません。それともう1人、今日はネットからも参加者がいますので、よろしくお願いします」

そう言ってナイチンは全員から見える位置にノートパソコンをセットしました。もう1人の参加者が、その中の画面から姿をあらわします。

「おはよう、ナイチンさんにチームのみなさん。ハタケヤマだよ〜。ってそっちはもう夜かな、じゃあ、よろしくね」

それから1週間、ナイチンはほとんどナイチン号にこもりっきりで資料を作成し、時折、ハタケヤマとのビデオ会議も行っていました。地区ではこの週末、住民交流祭が開かれます。

火曜日にはギリギリヘトヘトの会が公民館の一室で開かれ、ナイチンもみゆきと一緒に出かけました。世話人の井上に会うためです。

会はいつも通りに行われ、井上に話を聞けたのは、終了後、参加者が帰宅してからでした。みゆきを通してナイチンのことを聞いていた井上は、公民館の部屋をいつもより長く押さえてくれていました。

この会の内容や参加者のこと、家族たちの抱えている悩みなど多岐にわたり、みゆきとともにメモをとりながら熱心に話を聞くナイチンを見て、井上は会を設立したいきさつも包み隠さずに話してくれました。

井上がこの会をつくったのは、自らの辛い過去がきっかけでした。10年前、彼の父親が認知症になり、在宅で介護を続けていました。井上は両親が抱えた借金の返済に追われており、施設に預けることができなかったのです。それでもなんとか、ギリギリの生活を送っていたある日、悲劇は起こりました。井上が仕事に出かけていた間に父親が徘徊し、踏切事故で命を落としてしまったのです。

自責の念にかられる中、周囲からは心ない声も浴びせられました。

「この地区の人たちには、2度と私のような思いをしてほしくないんです。ですからね、先ほども言いましたが、三方よし、となるような策をね、私はずっと探しているんです」

「お辛いことまでお話しくださってありがとうございます。それだけ強い信念をお持ちだからこそ、私どもから、井上さんにお願いしたいことが2つあります」

「はあ、さて、なんでしょう」

ナイチンが井上に依頼した2つのことは、快く受け入れられました。1つは、認知症家族の状態について、リストを作成すること。ギリギリの状態になっている家族を把握するためのお願いでした。そしてもう1つは、井上の体調について。ナイチンは井上の話を聞きながら外見を観察していましたが、元気がないどころか、ギリギリの状態かもしれないと感じました。そこでまずは問診に応じるようお願いしたのです。その結果、肝機能の低下が予測されたため、井上に受診を強くすすめました。

「井上さん、元気がないのは病気だったからなんですね」

帰り道で、みゆきがナイチンに話しかけます。

「ええ。辛かったでしょうね」

そう言ったきりナイチンは黙り込み、みゆきもなにかを察しました。

「人物像のあぶり出しはとっくに終わってて、あとは確認だけだったってことか……」

　翌日の夜、ナイチン号でミーティングが開かれ、ナイチンから2つの報告がありました。

　1つ目は、井上がやはり肝機能に問題ありと診断され、明日から入院予定だということ。

　そして、もう1つは、連れ去りの問題についてです。

「連れ去られた人の共通点から、黒幕は認知症の方の家庭の経済状況まで知ることが可能な人ではないかな、と考えました。それと、認知症の症状の出方はさまざまだから、それぞれの方の状況を仔細に把握していて、かつ、認知症の方々に接するのが慣れていなければ、すんなりと連れ去ることは難しいだろうとも」

「そうすると地元で支援活動しているとか、医療、介護関係者とか」

「そう」とナイチンがリマに返して、続けます。

「まずはこの線で浮上したのが、認知症家族の支援活動をしている井上さんだった。今年に入って連れ去りがハイペース化したのは、井上さん自身に健康不安があり、今後誘拐を実行できなくなりそうな予感があったのではないかとも考えられる。では目的はなに？と考えたときに、経済的に余裕のない家庭が対象ということはお金は目的ではない。となると、なにか強い信念がある人の犯行なのかもしれないと思って、認知症者の失踪がはじまった5年前以前の壱ノ瀬地区の新聞記事をチェックしていたの。そしたら10年前に起きたある事故の記事が出てきて」

そこまで言うと、ノートのページをめくります。

「井上さんが、この事故の当事者であることがわかったの。つまり彼には、連れ去りに踏み切るだけの心理的な動機もある。それをたしかめるためにも、直接話を聞くことにしたの」

ノートには、彼の写真とともに、井上の情報が次のように記されています。

井上順三。壱ノ瀬地区在住。「GH認知症家族の会」の世話人。GHは〝ギリギリヘトヘト〟の意味。10年前、井上はトラックの運転手をしながら、認知症の父親をなんとか自宅で看ていた。両親がつくった借金の返済に追われ、父親を施設や精神科病院に入れる費用は捻出できなかった。そんなある日、自宅近くの踏切で父親が電車に跳ねられて死亡。父親が家を出られないように通常の鍵と徘徊防止用のロックをかけて仕事に出たが、徘徊を防げなかった。事故のあと、風呂場の窓から家を出たことが判明。朝の通勤ラッシュ時の事故で、大勢の人の足止めをしてしまい、井上は「家族として監督不行き届き」と責められることになった。間接的に直接的に。

ケンが、ノートからナイチンへと目を転じて言います。

「でも、僕たちがここにくる前日に起きた失踪の目撃情報では、失踪した人は中年女性と一緒だった。だから犯人は女性だという説は？」

するとみゆきが口を開きます。

「今どきはねぇ、女装は簡単ですしね。地域で活動している人となると、余計にレクリエーションとか出し物とかで女装する機会は多いですし、実際に井上さんは慰問もしてますしね〜」

それにうなずくナイチン。

そこでリマが、ふたたび誰ともなく言います。

「連れ出した人はどうなったんだろう」

一拍おいてから、ナイチンが話し出します。

「失踪した方のご家族はね。〈心配している。でも、どこかで誰かに助けられて無事でいるという希望を持っている〉ってみんながみんなおっしゃるのよ。そして、ここからは楽観的な推測だけれども、みな、身元不明者として、遠方の精神科病院に収容されているのではないかと思うんです。GHの会について話を聞く間、井上さん、三方よしって言葉を何度も使ってたの、好きな言葉ですって言って。しかも井上さん、〝三宝喜太郎〟という芸名で全国の施設を慰問してまわってるそうなの」

ナイチンの発言を受けて、根津がスマホの画面をみんなに見せます。

「井上さんの本名や芸名で全国の記事を調べてみたら、地方新聞の記事が数本出てきました。慰問先はすべて、認知症を受け入れている精神科病院ですね。半年とか1年おきに訪れているようです」

「てことは、連れ去ったお年寄りのことを定期的に確認しに行ってるのかもしれませんね。でも、これが三方よしになるのかなあ……」と言ってリマは少しばかり考え込みましたが、ハッとした表情で手を叩くと、みゆきと顔を見合わせてうなずきました。

「いまは認知症の方の受け皿になっている精神科病院多いでしょ。それで経営難を補っている面だってないとは言えない。いま私がパートで入っている壱ノ瀬病院もそういう状況」

するとケンが「そうだね」と少し語気を強めて言って続けます。

「入院が必要な精神疾患の人が大幅減少しているのに、精神科病院の入院ベッドの数はそれに比例していない。その空きベッドに認知症の人が入る。先進諸国の中で唯一、日本だけ精神疾患の入院中心の隔離・収容政策を継続しているんだ。状況の変化に合わせて転換してこなかった。イタリアなんて、１９７８年には精神科病院廃絶の法律ができて精神科病院はない。ただ、日本の精神科医療が他国に劣っているのではなくて、政策が転換できていないということ！　あっ」

いつの間にか声を荒らげていた自身に気づいたからか、ケンは恥ずかしそうに視線を落とします。

代わってリマが発言します。

「身元不明の人は生活保護が適用されて、医療費は国の社会保障費から全額負担されるでしょ。家族の入院費用の負担はなくなる。だから、彼にすれば、家族の介護の負担がなくなるからよし、身元不明者として入院させることは精神科病院の経営にとってもよし、ということかな。でも、それじゃまだ二方でしょ」

そこで根津が「もしかして……」とひかえめに声を発します。

「一概には言えないとは思いますが、認知症でいろいろはわからなくなっていても、家族に負担をかけているなどの負い目や辛さのようなものを感じているご本人にとっても、家族の負担がなくなってさらに入院できるなら、よし、ということで、それが三方目という見方もあるかと」

それにゆっくりとうなずくとナイチンは、「ここまでの推測が大幅にはずれて、最悪の事態になっているという可能性はゼロではないけど……」と言うと小さく息を吐いて言います。

「推測通りだとすれば、この連れ去りをすぐに終わらせればいいという話ではないと思います。大事なのはこれからです。さらなる誘拐を確実に防ぐだけでなく、連れ去られた人も一人残らず戻ってきてもらう。地区の方たちの現状への問題意識も刺激しながら、計画を進めたいです。地区のみなさんの頭の中に、自然と新しい風を吹かせるイメージで。そのためには、これからの数日間が、最初の山場になるわね」


久しぶりの住民交流祭が開かれる日曜日。穏やかに晴れた午後。

青々と繁る銀杏の並木道を抜けて、人々が三々五々会場の壱ノ瀬第一中学校に入っていきます。

体育館では清野の司会進行で午前中からさまざまな出し物があり、ナイチンゲールの講演はその終盤、16時から組み込まれていました。

開演の5分前となり、体育館のステージ上には「クリミアの天使　ナイチンゲールの活躍を語る　ナイチンゲール7世　橘高朱理先生」と書かれた白く大きな垂れ幕がかけられています。ナイチンゲールがこの垂れ幕の存在を知ったのは、ほんの10分ほど前でした。

「清野さん、今日は認知症の話をさせていただくはずですが？」

「ええ、そうですよねえ。発注を間違っちゃって。困ったなあ。どうせなら、このお題で進めてもらってもかまいませんよ」

清野の言葉に、ナイチンはあきれたような、むっとしたような表情を返しただけでした。

そのまま定刻となり、司会の清野から紹介を受けると、ステージ袖から橘高診療所のレトロな白衣を身につけたナイチンが颯爽とあらわれ、場内から「おお」という声があがります。

客席は満席で、ナイチンゲールの絵本を手にしている子どももいます。ケンと根津は、客席後方の両サイドに立って会場を見守り、リマは清野とともにステージ袖に置かれた椅子に陣取っています。

「こんにちは。フローレンス・ナイチンゲールの子孫の橘高朱理と申します。その本の表紙のナイチンゲールと私、似ていますか？」

最前列に座る子どもに声をかけると、「似てる！」「あんまり似てない！」「少しきれい」と元気な子どもらしい声が上がり、会場は一気に和やかなムードになります。そのときです。

「どもっ」

ステージ袖に座るリマに、背後から、ひょろりと痩せた1人の男が声をかけました。

リマが振り返るとゾンデこと進藤准一《しんどうじゅんいち》が立っています。

リマは、うわっ、と声を漏らすとあからさまに嫌な顔をして聞きます。

「どうしてここがわかったんですか？」

「おたくの小野君がおしえてくれたんだ。彼女、僕に惚れてるからか、聞いたらなんでもしゃべってくれましたよ。認知症の方の神隠し事件を追ってるそうですねえ？　そんなの放っておけないでしょう。しかも、講演までするとなれば、聞き逃す手はありませんよ」

ゾンデはズボンの両ポケットに手を突っ込み、昔のモデルのようなポーズをします。

チーム・ナイチンの活動に、突然ぐっと首を突っ込んでくることのある彼は、厚生労働省勤務の味方のようなそうでないような存在です。ゾンデとは、臓器の隙間や創部の孔に差し込んで深さを測るときなどに使用する、細長い診療器具の名前。それを彼のあだ名にしたのはリマです。

「うーん、ここから見える立ち姿もいいねえ。やはり、僕の彼女にふさわしい、うん」

「またはじまった」とリマがあきれていると、ニヤついていたゾンデが急に真顔になりました。

「今回こそはこの特等席で、最後まで聞かせてもらいますよ。前回の講演は上司からの急な連絡で、途中で抜けなきゃいけなかったんですから」

「ふーん、そんなこともありましたっけね」

「看護職廃止案のときですよ。知ってるくせに。あのときの録音データ、いつになったらもらえるんですか？　ほら、さわりの話で、会場が凍てついた空気になってたでしょ。あのあとどうなったか知りたいんですよ」

「あのねえ、看護職廃止案なんて雑なまとめ方はやめてください。そんな講演じゃなかったでしょ」

「ああ、そうなんですか？　仕方ないじゃないですか、最後まで聞けなかったんだから。お願いしますよ〜」

「講演のデータをいちいちお役人に提出する義務なんてないはずですが」

「はあ、そうですか。つれないなあ」

「それに、凍てついた空気になったのは、あなたのスマホの着信音のせいじゃなかったですかねえ？」

　ゾンデはバツが悪そうに舌を出すと機内モードになったスマホの画面をリマに見せ、ステージ上に目を向けました。

　視線の先では、子どもたちとのやりとりを終えたナイチンが、いよいよ本題を話しはじめようとしています。

「さて、ナイチンゲールの話を聞きにきてくださったみなさまには申し訳ないのですが、今日は、こちらの町で起こっている問題についてお話しさせていただきたいと思います」

観客の大人たちの多くが、わずかに怪訝な表情になります。

ナイチンは頭の中で、認知症にまつわる統計データを分析したグラフや図表、そしてそれを評価する言葉などを反芻すると、観客席を見渡してから口を開きます。

「今日は小さいお子さんが30人くらいお越しでしょうか。みな、かわいくて元気ですね。２０３０年には65歳以上の５人に１人くらいが認知症になると推計されています。もっと先、この子たちがその年齢になる頃には、30人のうち何人が認知症になるでしょうね」

子どもを連れた大人たちの表情がにわかに曇り、そんな大人たちを見て不安げな表情になる子どももいます。会場全体に、白けたムードが漂いはじめます。

しかしナイチンは動じません。

「かわいい子や孫がたとえ将来認知症になったとしても、いきいきと暮らしていられるように地域づくりをしておきたいですよね。それにはまず認知症への理解が必要です。認知症の人は特別な人ではありません。一見、異常に見える言葉や行動でも、ちゃんとその理由があり、人間らしさがあるんです」

すると、最前列の中年男性がすっと立ち上がり、口元に手をかざしてナイチンに向かって声をあげます。

「今日は、そういう話題はやめませんか？」

それにうなずく人たちが少なくありません。不安になった清野は、ステージ袖からナイチンを止めに行こうと立ち上がりましたが、その肩を強い力で押さえつけられました。ゾンデが止めたのです。

「ナイチンゲールの話なんかより、よっぽど役に立つのに。まあ、みなさんはナイチンさんのことを知らないでしょうからねえ。最後まで静かに聞いたほうが、あなたのためですよ」

「こちらの町のさまざまな施設を見学させていただき、認知症で入院の大勢の方やそのご家族や職員の方、地域の方たちに接する中で、多くの方が、一抹の寂しさのような感情を胸に持っているように感じました。近しい人とそばで過ごす、近しい人をそばで見守る幸福感が足りない寂しさなのではないか。そう思いました。

ただ、自宅で介護すればいいのかというと、そうではありません。介護に追われる生活は、ささやかな幸福を感じる余裕すら奪われます。でも、家族の方が重荷を抱え込まずにそばで見守っていられる施設が、町にあればどうでしょうか。
　これからお話しするのは、できるだけそばで、過ごし、見守ることができるような、三方よしとなる施設づくりについてです」

　30分後、会場の人たちは、誰もが納得した表情で、体育館に拍手を響かせていました。ステージに上がって、ナイチンにサインをせがむ子どももいます。その様子を見てご満悦なのがゾンデ。彼が、ただただナイチンの講演を最後まで聞きたい一心からとった行動が功を奏したのです。その横では、清野がほっとした表情をしつつ、垂れ幕のことについて、今度は心をこめて謝罪しています。
　一方で、客席の後方にいた根津たちの姿はありません。井上が、入院先を抜け出したのです。

　ナイチンの講演がはじまった頃、井上は1人の老人をともなって、ある場所を目指して歩いていました。うつろな表情をした老人は、井上の隣に住む鳥越達男です。井上はいままでにない倦怠感を覚えながらも、鳥越に時折笑顔で声をかけながら歩きます。心の中では、自身の亡き父親に話しかけながら。

「今朝、入院先の病室から、うちの隣の鳥越さんところの勝男君と、スマホでお互いの顔を見ながら話したんです。勝男君の父親の達男さんも、数年前に認知症になりました。勝男君は、ギリギリの状況で１人自宅で面倒を見てきた。あの頃のうちとまったく同じ状況になったんだ。父さん、父さんがどこかに歩いていってしまったとき、達男さんは、何度も俺と一緒に父さんを探してくれたんだよ。覚えてる？

　息子の勝男君はね、ＧＨの会が終わって俺と２人だけになると最近は愚痴をこぼしながらいつも泣いてたんですよ。でも今朝は泣かなかった。自分から連絡してきたのに〈疲れた〉しか言わずに、とてもぼんやりしててね。愚痴もこぼせないほど疲れてしまったんだと思う」

　井上は、ＧＨの会の活動を通して、介護疲れが極まった家族が無口になるさまを何度も見てきました。彼は続けて亡き父に話しかけます。

「もう、連れ去りはやめようと思っていました。うちと同じケースになって、鉄道会社が、事故を起こした人の家族に損害賠償を求めていた裁判があったんです。家族には監督責任があったんじゃないかって。

　それが、事故から何年もかかって少し前にやっと、最高裁が「家族に監督義務なし」と判決を下したんですよ。なんか俺に下った判決のようにも思えてね。すっきりして。それに俺も認知症の入口にいるようです。父さんのはじまりの頃によく似ているんです、物忘れとか」

井上は疲労を覚えて、すたすたと行こうとする鳥越達男の袖を引っ張り、時折歩みを止めて休みます。父親にあれこれ話しかけながら散歩したことを思い出しつつ、続けて心の中で話しかけます。

「最後に、なにくれとお世話になった勝男君のところだけはどうにかしてあげたいとずっと思っていたんですが、今朝の勝男君の様子を見ていたら、いてもたってもいられなくて、急遽病院を抜けてきました。その足で勝男君ちに行って〈お父さんを地区のイベントに連れ出すから少し休みなよ〉って言って。

そしたら勝男君、急に正座して、よろしくお願いします、って言って額を床にこすりつけました。勝男君は、俺がやっていることに感づいていたのかもしれません。

いま、イベントで講演してるあの先生も、きっとそうなんでしょう。俺の役目は、違う形で彼女たちに引き継いでもらいます。もし俺が捕まって、連れ去った人が自宅に戻されたなら、その家族はふたたびギリギリヘトヘトの状態になってしまう。こんな自分勝手な心配もしなくていいようです。達男さんを引き渡したら、自首します」

井上がやっとの思いでたどりついたのは、ナイチンが講演している中学校の正門でした。

講演はすでに終わり、帰宅する人たちが外へ出てくる中、正門脇では根津が心配そうに待ち構えていました。一旦は井上を探しに病院の方面へ向かっていた根津ですが、井上本人からみゆきを通じてここで待つように連絡が入っていたのです。しばらくして急ぎ足でナイチンもやってくると、井上は気が抜けたように、その場に倒れ込みました。

その夜。

壱ノ瀬地区の人目につかないスペースにナイチン号が停車中です。キャンピングカーと救急車を足した装備の、一般的な救急車よりひとまわり大きい車です。

車内では、中央に設置された簡易ベッド上に井上が仰向けになっており、点滴中です。

そのベッドサイドにはナイチンとリマ。ベッドの頭方向の奥ではケンがパソコン画面に向かっており、井上の足方向にあるミニキッチンからは、管理栄養士のみゆきが調理中のスープのおいしそうな匂いが漂っています。

井上は校門で倒れ込んだあと、中学校の駐車場に停めていたナイチン号に運び込まれ、手あてを施されました。まもなく意識を取り戻した彼は、状況を把握できずに少し取り乱しましたが、セラピーハンドの持ち主であるリマが手のひらで鎮めました。井上が連れてきた鳥越は、一旦、地区のグループホームに入ってもらったことを説明しながら。

「この車、簡易なものですがお風呂も入れるんです、あとでさっとお入りになりませんか。忙しさなどで、もしかして1週間くらいお風呂どころではなかったのかもしれませんね」

井上にナイチンが言いました。

「そう、ちょうど1週間だね。でも、なんでそれがわかるんですか？」

「看護師なので」

爪の汚れ方や前髪を不快そうに手で払う仕草などからナイチンは推測したのです。

「へえ。すごいなあ。入らせてもらおうか」と井上。

「病院でシャワー許可出たけど、なんだか入る気しなくて」

ナイチンのすまし顔をちらり見てリマは、観察眼を褒められたことではなく、入浴をうながすタイミングがよかった点を密かに喜んでいるな、と思います。

井上は、パソコンから離れてそばにやってきたケンにも声をかけます。

「あっ、驚きましたよ、突然、私の胸に耳をあてたから」

「手元に聴診器がなかったもので。すみません。少し耳がいいもので」

ケンは苦笑しました。ほんとうは腹部の音も耳をあてて聞きたかったが我慢したのです。

ケンは病院勤務時代に、やはり手元に聴診器がないとき、緊急で心臓の音を確認する必要が生じて女性患者の胸に耳をあてたことがありました。それが救命につながりましたが、患者の家族にセクハラで訴えられそうになり、それがきっかけでいろいろとあり病院を退職していました。

「謝ることなんかないですよ。いろいろよーく診てくれてありがたいです」

ケンの診察で、肝機能の低下以外にも病気が疑われることや、まずは肝機能を改善する治療が最優先だということがわかり、一般的なテストで認知症も否定されました。

「でも」と言って井上は眉間にしわを寄せます。

「耳がいいと、なんでも聞こえちゃって大変でしょう」

「いや、必要なときだけ感度があがる感じなので、大丈夫です。ごくたまに、ひそひそ話とかが聞こえてしまったりするんですが」

「ひそひそ話かぁ、聞きたいような聞きたくないような、ですねえ、ハハ」

雑談で気分のやわらいだ井上はその後、事のすべてを打ち明けました。仕事を終えてトラックで帰宅する際に、顔を知る認知症の老男性が地区からかなり離れた場所を徘徊しているところに遭遇。自宅まで送ろうとして助手席に乗せたものの、その老人が通りがかった精神科病院を指さして降ろしてほしい、と言い出し、迷った末降ろしたのが、いまから6年近く前の1回目の連れ去りだったこと。そして、世間の人たちはまだまだ認知症への理解に乏しく、認知症の人への偏見も感じ、それについての腹立たしさや、連れ去りをするとなんとなく胸がすっとすることもあり、繰り返してきたこと、などを。

彼は、入念に調査して選んだ遠方の精神科病院前に人を置き去りにしたあと、その病院に無事収容されたことを見届けていたことも説明し、次のように続けました。

「赤ちゃんポストならぬ、認知症者ポストのような感覚でやってきました。家族、病院、それに本人にだってよしだろうと」

「ご本人が住所氏名を話してばれるかもしれない、とは思わなかったんですか？」

リマがたずねました。

「もはやそれが言える段階ではないだろう人たちをお連れしましたから。ただ、なにかの拍子に話すということもあるんじゃないかとは思っていました。でも、誰も言ってないようで、もしかしてですが、わかっていても言ってない人がいるのかもしれません」

ナイチンは、そうだったんですね、と小さく言うと、続けます。

「全国の精神科病院を慰問でまわっているのは、連れ去った人たちの状態を確認するため、ですね？」

「ええ、そうです。どの病院も半年に1度ぐらいかな、定期的に慰問に行って、連れ去った人たちの体調などを確認していました。そのうち、各地の病院から慰問に呼ばれるようになったので『ここなら大丈夫』と思った病院に、連れ去った人をそっと託したこともあります」

そう言うと、井上は、かばんからファイルの束を取り出しました。中にはたくさんの写真がメモの書かれた付箋と一緒におさめられていました。

「これは、慰問のときに撮った、連れ去ったみなさんの写真です。最初は、様子を伝えるために、ご家族の暮らす家のポストにこっそり投函しようかと考えていたんですが、解決への手がかりができると、家族にも迷惑がかかる恐れがある。そう思うと、渡せずじまいでした。それと、これは連れ去った人たちの居場所のリストです」

「そうですか。みなさんがこの地区に戻って来れるよう、早急に受け入れ計画を進めます。それぞれの病院やご家族には、私たちから説明しますので、このファイルも頂戴してよろしいでしょうか」

「ええ。一昨日、あなたの計画書を読んで、自分がやってきたことの愚かさが身に沁みました。みなさんをどうぞ、よろしくお願いします」

ナイチンが受け取ったファイルには、写真だけでなく、慰問の当日に話したことなどのメモもぎっしりと書かれていました。連れ去る前から、現在にいたるまでの家族の状況なども。つい最近書き足されたとおぼしき箇所も少なくありません。

この2日前、ナイチンは1人で井上の入院先を見舞っていました。講演で地区の人たちに話す予定になっている計画の、より詳細な資料を携えて。

「井上さん。あなたの役割を一旦、私たちに、引き継がせてください」

そう言い残してナイチンが帰っていったあと、井上は計画書に目を通しました。数日前に、井上がナイチンに託したリストで早急に受け入れが望まれるとしたのは４人でしたが、ナイチンの計画書には20人分の受け入れ先について記されていました。このことに気づいた井上は、連れ去った人たちやその家族に関するメモを書き足していたのです。

さて、これだけの施設やそこで従事するスタッフをすぐに用意するには、金銭面の支援も必要です。アメリカ留学で知り合ったハタケヤマと、ネット越しにたびたびミーティングをしていたのは、彼から大きな寄付を得るためでした。ハタケヤマが出した条件は１つだけ。この地域にとってナイチンがベストだと考えるプランを実行に移すことでした。彼は、この条件に合致している限り、中身には口出しをしないと断言。ナイチンの講演会の終盤にはビデオで登場し、会場の人々に向かって訴えかけました。

「高齢化は、日本だけの問題ではありません。アジアは２０５０年までに超高齢社会になっていくと予想されています。数十年経てば、認知症は各国で大きな社会問題になる可能性があると私は考えています。そんなとき、今回の計画を実行できていれば、この地域が日本のみならず、アジア全体、さらには世界じゅうの道しるべになってくれるのではないでしょうか。そのためならば、私も協力を惜しみません」

この計画は「認知症の人が地域で暮らせる取り組みイチノセプラン」と命名され、ナイチンは次のことをすばやく進めました。

地区の空き家を多数買い取り、そこを改築して、通称カンタキ（看護小規模多機能型居宅介護。泊まってよし、通ってよし、在宅で訪問を受けるのもよし、の柔軟な対応が可能な小回りが利く看護師常駐の事業）を多数設置することに。まずは井上が連れ出した16人と家族がギリギリの状態にある４人を受け入れ、３ヶ月後にはプラン全体の運営を清野や、今回の依頼主である玉山らが引き継ぐことになりました。

引き継ぎから半年、清野が、にこにこ顔で電話しています。相手は、診療所にいるナイチンです。

「橘高さんのあの講演会での認知症の話をきっかけに、現状をどうにかしなきゃ、どうにかできるって思える風がね、地区の人たちの頭の中に吹いたんだと思いますよ。商店街ではね、認知症カフェをつくろうという話も出ています。それに、精神科病院の空きベッドを、民泊ならぬ病泊として一般の宿泊施設にするのはどうかって案も、市民から出ているようです。それとね……」

　清野は最後に、井上の情状酌量を願う署名活動がはじまったことを報告しました。運動の中心になったのは、誘拐された人の家族たちだと言います。

「それと、ご家族の方々ね、一人残らず、あなたの最終的な計画に賛同してくださいましたよ。この計画にはやっぱり、井上さんが必要ですからね。いつの日か、井上さんがこの街に戻ってくるまでは、私もこの事業に打ち込むつもりです」

　清野との通話を終えると、ナイチンは鼻歌を奏でながら業務へと戻りました。いつもの曲を、いつもよりも弾んだ調子で。そうそう、ナイチンによると、壱ノ瀬地区はテレビに取材され、ちょうどこのあと放送されるようです。

　小野があわててテレビの電源を入れます。

〈まったくこの人は、野草の採集だというのにスーツで来ちゃうから、困ったものですよ。ん、私がスーツで来いって言ったの？　ふふふ、そうでしたか～〉

　テレビ画面では、河川敷の遊歩道をバックに、野草おじさんとして知られている善村太《よしむらた》郎《ろう》が、出演のたびにお約束となっている助手の服装いじりをしているところでした。本人は作業着に野球帽姿なのに対し、彼の娘婿である助手は、いつもスーツ姿で登場しているのです。

「あれ、この人、どこかで見たような」

「善村太郎ねえ。野草おじさんとして知られてるけど、医薬品業界の陰の大物よ。って、小野、これ局が違うんじゃないの？　古西達郎がやってるニュースのほうでしょ？」

「ああ、そうでした！」

　リマに指摘された小野があわててチャンネルを変えると、壱ノ瀬地区にできた施設の映像をバックに、男性によるコメントが流れているところでした。

「アジアは２０５０年までに超高齢社会になっていくと予想されています。数十年もすれば、認知症は各国で大きな社会問題になる可能性もあるでしょう。そんなとき、この地域が日本のみならず、アジア全体、さらには世界じゅうの道しるべになってくれるのではないでしょうか」

　どこかで聞いたフレーズ、そして聞き覚えのある声にナイチンやリマが声を揃えます。

「ゾンデ～！」

第2話
多剤併用・残薬問題に効く薬

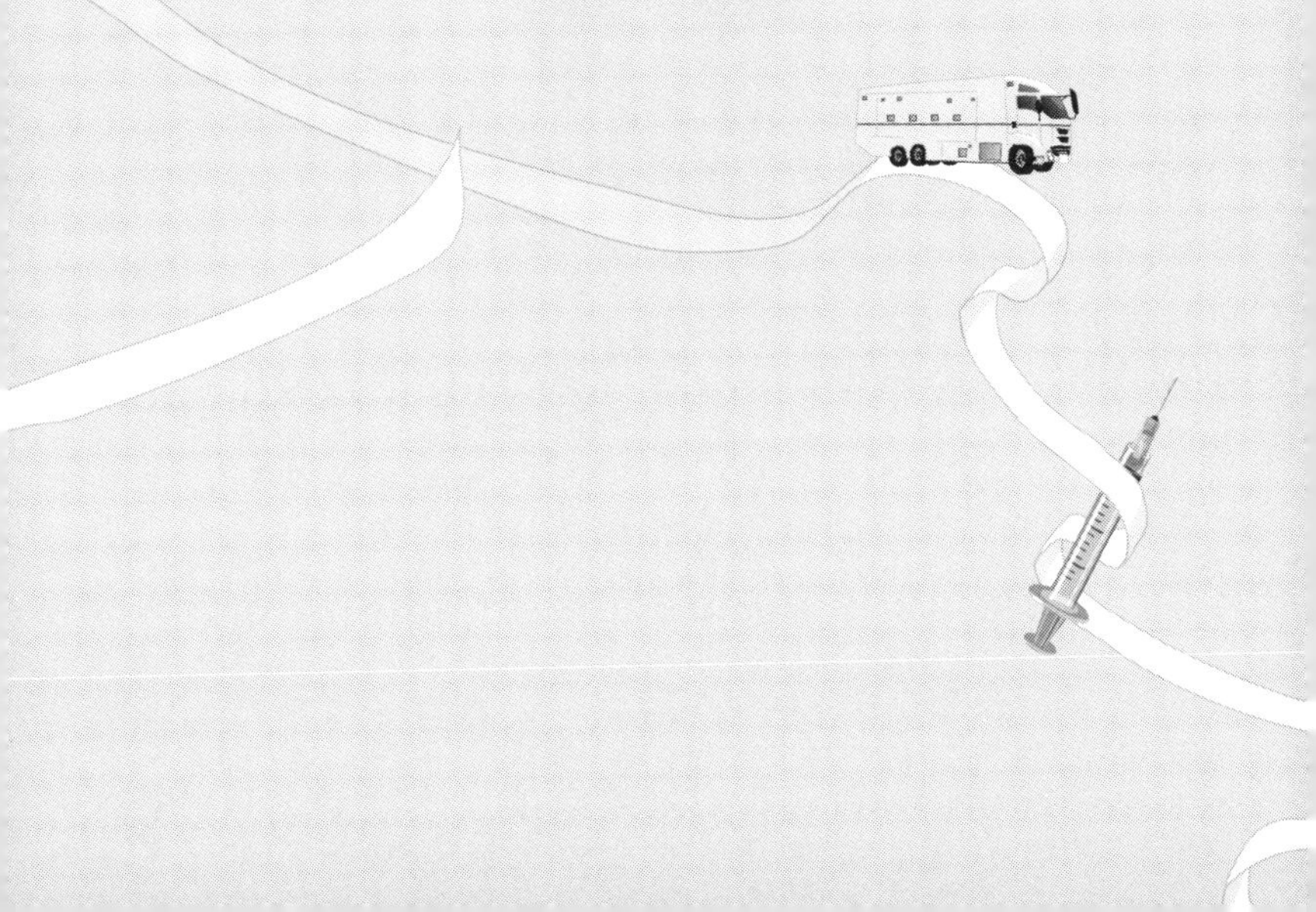

大都市のベッドタウン、藍空市。

その中の二石地区は、マンション群と一戸建て群の2つのエリアでなるベリーニュータウンを中心とした地域で、団塊の世代が多く住んでいます。

できて40年あまり経つのだからもはやニュータウンという呼び方はおかしい、とか、これからは昼も夜も介護ベッド上で過ごす人がいる街となり、違う意味のベッドタウンになるだろう、などとささやき合う住人たちもいて。

晴天の日曜の午後、この地区の一角に建つクスノキ総合病院の救急外来の処置室で、ナース2人がきびきびと動きながら言葉を交わしています。

「最近の救急車のサイレン、ため息まじりに聞こえること多いんだけど」

「たしかに」

ほんとうに必要な人を迅速かつ適切に搬送するために、救急車をタクシー代わりに呼ぶのはやめよう、とマスコミが呼びかけても、この地区では減らないのです。

別の問題もあります。ポリファーマシーとも呼ばれる多剤併用の影響による転倒者の搬送も目立っているのです。

6種類以上の内服薬の併用は多剤併用と呼ばれ、副作用が出るリスクがぐっと上がると言われています。14種類を6種類に適切に減らし、すっかり体調が整ったケースなど、全国から減種類効果がぞくぞくと報告されているのですが。

足早に処置室にやってきた医師の脇田志朗に、ナース2人が順に言います。

「まもなく転倒で到着する78歳、女性。この方も、あれでしょうか」

「当院のカルテに不定愁訴《しゅうそ》での受診歴があります。やはりそれかもですね」

さまざまな自覚症状を訴えるが原因がわからない状態を不定愁訴と言い、多剤併用によって引き起こされることがあります。

「ほんとに、どうにかしなきゃな」

脇田は小声でぼそぼそと言いながら手洗いをはじめます。


つくの市の橘高診療所のスタッフルーム——。

ナイチンがドラムセットに包帯を巻いています。彼女の頭の中では、例によってさまざまなデータなどが映し出されていき、数式〈10%分の12%マイナス1＝20%、12%マイナス10%イコール2%〉のところで一旦流れが止まり、ふたたび動き出します。その間、ナイチンはいつものように「エリーゼのために」を口ずさんでいます。包帯を巻く相手がドラムセットだからなのか、いつもより少しだけリズミカルです。

リマと小野はソファに並んで座り、ナイチンの動きに目を向けながら話しています。

「ドラムセット1個1個を器用に巻くなんて、俺には無理かな」

小野が言いました。

「なによ、俺って、唐突に」

「自分を俺っていう祖母の蝶子に、エールを送るつもりで言ってみました」

「ああ、あなたのおばあさま、いま、がんばってるものね」

目下、小野の祖父が自宅療養中で、その介護に祖母が奮闘しているのです。

「そうなんすよ。孫として看護師として最大限サポートしたいので、いまは急に出張せよと言われても、残念ですが、行けませんからね」

「ふん、あなたなんかを連れていくわけないでしょ。だいたい、あなたはゾンデになんでも話してしまうし。ゾンデなんてどこがいいのよ、爬虫類とか虫とかを連想する顔じゃない」

「え？　あの顔のよさがわかりませんか？　まあ、リマさんがライバルでないならあとはナイチンさんだけになってありがたいですけど」

「はあ？　ナイチンだって絶対にあり得ないから。まあ、ゾンデのほうは彼女に気があるようだけど」

リマは以前の出来事を思い出します。

ナイチンは、初対面のゾンデの薄い胸板の上半身を巻いてみたくなったらしく、本人の了解を得て、すばやく服の上から上半身に実施。そのときに彼が、包帯に覆われた手を恍惚の表情でしばらく見つめていたことを。

「とにかく、今回の依頼にまつわることもゾンデに言っちゃだめだからね。今度情報を漏らしたら、ここを出入り禁止だからね」

リマが、小野からナイチンに視線を転じて言うと、ナイチンはシンバル部分を扇状に巻きながら「そうね」と応えます。

小野は顔をしかめます。

「見放さないでください。情報漏らしませんし、これからもがんばりますので。私、さっきの、ナイチンさんが言った図書館の返却の話とか、自信を持って依頼を受けていることとか、やはりすごいなって思ったんです」

今回、チームが介入するのは藍空市二石地区。依頼主はクスノキ総合病院の救急外来に勤務中のナース・森村節子です。

依頼のメールには、多剤併用による副作用が出ている人が目立っていることの説明のあと、次のように綴られていました。

――多剤併用による転倒者が多いので、自虐的に「転倒の街」として町おこししたらどうか、みたいなことを言う人もいます。近隣の医師や関係者たちでルールづくりをするなど、なにかしら対策を講じれば、副作用に悩まされる人が大幅減になるように思います。

一緒に働いている医師の脇田先生が対策に乗り出してくれればいいのですが、そうもいかないようで……。

それと、処方薬の飲み残し（残薬）の問題も出ています。

何年か前に新聞社などが、潜在的な飲み忘れなどの年間薬剤費の粗推計は約500億円にのぼる、と報じていました。これは在宅療養している後期高齢者を対象とした調査結果のようですから、ほんとうはもっと大きな額になっていたでしょうね。残薬は、適性使用がされなかった結果でもあるので、薬を飲んでいれば治っていたものが、飲み忘れの結果、病状の回復にいたらなかった可能性があるとも言え、非常に残念な事態です。

その後、改善されつつある地域があまたあると聞いています。

しかし当地の各家庭では、残薬がタンスの肥やしになりがちな状況のようで。そこに目をつけた悪者が、薬によっては買い取って転売しているらしく、小遣いになるからと結構売っている人がいるみたいで、転売後の薬の行方についても心配です。

また、交通事故被害で後遺症のある男性が、わざと医師に症状を訴えて大量の処方を受け、その薬代を加害者の運転手に請求し、出された薬は飲まないで自宅の庭に埋め続けている、というむなしい噂話もあります。

多剤併用も残薬問題も、当地は重症の域に突入してしまった気がします。私の気のせいかもしれませんが、コロナ禍のストレスが改善を阻んでいる面もあるような……。

ナイチンは、このメールをメンバーに見せ、次のように付け加えました。

「図書館の本を返却日までにせっせと返却する日本人だもの、処方薬も無駄なく扱えるようになるはず」

すると、「質問！」と言って小野が手をあげます。

「今回のような問題は、診療報酬や薬価の調整など、医療政策でどうにかするしかない気がします。できることってあるのでしょうか」

「あると思うから依頼を受けたのよ」

ナイチンは、不思議な質問をするものだなというような表情をします。

リマが小野に言います。

「今回はとくに、いろんな統計データがとれそうでわくわくしているのかもよ」

それが聞こえたナイチンは手を止めずに、

「データをとって集計するだけでよかった統計は19世紀まで。データは、並んでいるだけでも詩のようではあるけど、現代の統計は誤差や因果関係を意識した解析こそがキモなの。今回入る地区では解析のためのさまざまなヒントがもらえそうだと思って」

とまで言うと、なにやら計算式をぶつぶつとつぶやきはじめます。

リマは「あー。私、統計のことは標準偏差と信頼区間くらいしかわからないんだから」と耳をふさぎ、小野は「私も、なんとなくしかわかりません」と言って小さく手をあげます。

2人の反応にナイチンは手を止めて「統計には血が通っているのに」と小声で言うと作業を再開しました。

「いまのナイチンさんの〝血が通っている〟の意味をおしえてくださいよ」と腕を組んでくる小野の手を振りほどいてから、リマはこたえます。

「だからさあ、うーん、まあ、私なりに解釈すると、たとえば――、全体の1%の人がかかる病気の検査をしたら陽性、つまり病気の疑いがあるという結果が出たとき、どう思う？」

「陽性ですからね、病気の可能性が高いわけでとても不安」

「そうよね。でも、その検査が95％の精度で結果が出るとしたら、陽性になってもその病気である確率は16％しかないのよ」

「え？」

「その検査を1万人が受けたとすると1％の100人がその病気にかかっている。そして陽性結果が出た人のうち5％の495人が誤診を受ける。とすると、陽性の結果となった人のうち病気の人は、（95＋495）分の95＝約16％だけということ」

「たしかに。わあ、それを知って漠然とした不安がやわらいだ気がします」

そこへ久坂椿と根津正一郎が部屋に入って

病気ありの人のうち95％が正しい結果

	病気ありの人	病気なしの人	合計
検査で陽性結果	95人が正しい陽性結果	495人が病気じゃないのに紛れ込み	590人
検査で陰性結果	5人が病気なのに見逃し	9405人が正しい陰性結果	9410人
合計	100人	9900人	10000人

全体のうち1％がかかる病気　　**病気なしの人のうち95％が正しい結果**

$$\text{陽性の結果の人のうち病気の人の割合} = \frac{\text{正しい陽性結果の95人}}{\text{陽性結果全体の人数590人}} = \text{約16\%}$$

きます。

「ＡＣジャパンに扱っていただく件、どうでした？」

「実現の可能性は低いとのことで、結局ノーということかと」

椿の問いにナイチンがこたえます。

根津は残念そうにうなだれると顔をあげ、その場をぐるりと歩きながら言います。

「朱理さん作のあのコピー、すばらしかったのになあ。５００億円あれば、何千人が何年間外来血液透析を受けることができるとか、6千何万人の人でしたか、2時間酸素吸入を受けられるとか、そうだ、１０００万人が5回、摘便を受けることができます、というのもありましたね」

ナイチンは手を止めずに誰ともなくつぶやきます。

「５００億円という額は、あくまでも目安としてのだいたいの数値だけれど、すでに広く周知されているから使いました」

そう言って顔を上げた彼女は、根津が手にしたＡ４の茶封筒に気づくと反射的に「ノーです」と低く言い、手を止めて身体を根津に向けます。

「何度も伝えてますけど、私の場合は、伝統芸能などのように血をつなぐ重要性はないと思っています。少子化対策としての出産のほうはリマと小野に託します」

いきなり少子化対策を託された2人は、目を丸くして顔を見合わせました。

スタッフルームの大窓からは、椿が丹精している庭を目の当たりにでき、四季折々の木々や草花が楽しめます。ナイチンらのやりとりを聞きながらその庭のひまわりをながめている椿の表情が少し曇っています。

根津は肩を落として遠慮がちにため息をつくと、気を取り直すように背筋を伸ばします。

「ケン先生はいまどこかで今回のことの準備中で、みゆきさんは、現地で途中から入ってくれる、でいいですね」

ナイチンは根津に向かってうなずいてから椿に声をかけます。

「では、明日から藍空市に入ります」

「ほんとうに、大丈夫なの？」

「はい」

「ならばいいのだけど、なんだか徐々に症状が重くなっているみたいだから……」

*

ナイチンゲール様
ナイチンは片頭痛持ちです。

その発作のスイッチとなるのが、５秒以上続けて、人の皮膚に直接手をあてたりさすったりすること。ナイチンは、看護師として致命的な欠点ではないか、と一度は看護の道をあきらめたほどだったそうですが、いつだったか、からっとした調子で、

「たいがいは5秒以内で済むし、それ以上の必要があれば手袋使えばいいし、大丈夫。頭痛が出たとしても薬で抑えればいいし」

と、まるで取るに足らないことのように私に言いました。でも、症状は悪化しているようです……。

３日前には、橘高診療所にやってきた小野の祖母の腰をさすったあと、それは３秒ほどだったにもかかわらず片頭痛に襲われました。

椿さんは、彼女の片頭痛について責任を感じているようです。小さい頃から隙あらば看護訓練として手をあてる・さする練習をさせ、高校、大学時代にはボランティアで大勢のがん患者や死にゆく患者の足や手や背中に手をあて、さすることをうながしたと。

彼女の鼻歌がいつも「エリーゼのために」であるのも、ナースコールに応じ続ける演習を子どもの頃に受けていたことが関係しているようですね。演習用のナースコールのメロディがこの曲でしたし、そもそもナースコールを発明したのもあなたでした。

＊

それからふた月近く経過し、藍空市では、午前中から気温がぐんぐん上昇中です。

クスノキ総合病院のそばに建つマロニエ保険調剤薬局に、吸い込まれるように人が入ってゆきます。処方薬の受付に行く人が約３割で、ほかの人たちはみな奥に進み、多目的部屋前に並んでいます。１人出てくると１人が入るその部屋の中では、入口に置かれた長机前にナイチンが座し、彼女の背後には、ボックスティッシュの５個セットや米、生活用品が所狭しと積み上げられており、学生ふうの２人がその間を動きまわっています。

「ご協力ありがとうございます！」

入室した70前後の男性にナイチンが声をかけます。

男性は微笑みを返して「ずいぶん残しちゃって」と言って薬袋を差し出します。

「魚屋の値札みたいに荒々しく袋オモテに１錠何円って書いてあって、それでうしろ側には年間５００億円のムダ云々って書いてあってはさ、ここに来ずにはいられないよね」

ナイチンはさっと問診を行うと、見せてもらった薬袋を本人に返します。個人情報を漏らさないことを約束して。

「卵、大根、シナモンロール、あと、えーと、部屋干し用の洗濯洗剤、町田豆腐の豆腐券」

それらの入ったレジ袋を受け取った男は「年金暮らしの人間としては助かるなあ」とつぶやいて出て行き、次の人が入ってきます。

ここは、チーム・ナイチンが設置した「処方薬の残薬状況調査所」です。

残薬を処方薬局に持参してもらい、その残薬量を確認したのち、主治医に連絡し、残薬分を生かすために処方日数を調整してもらう、という取り組みが現在全国ではじまっています。

しかしそれは、まだまだ浸透しておらず、ＰＲのために、残薬を持参した人の調査を行うと同時に調査協力のお礼として生活用品を手渡しているのです。パチンコ店の景品を選ぶように生活用品を受け取れるため「景品所」と呼ばれはじめています。

この調査所をナイチンは、地区内に数か所設置。１錠○○円と油性ペンで薬袋に記入する作業は、各所の薬剤師に可能な範囲で実施してもらっています。

その日の夜。

二石地区の野球場近くに停車したナイチン号内でミーティングがはじまっています。ナイチン、ケン、リマ、根津の４人。

「いろいろわかってきてね。実に皮肉な状況なんだな、これが」

と言ったリマは、クスノキ総合病院の救急外来でパートナースとして働いています。

彼女は、二石地区にいる医師の連絡会のひとつを取り仕切っているクスノキの脇田志朗が、多剤併用の現実を問題としながらも見過ごしている理由を探っていました。

「彼はすごく誠実に診療する人。スタッフからの人望もある。正義感も強くて、ほんとうは率先してこの問題に取り組んでいきたいのだと思う。でも、できない。いや、やらない」

「どうして？」とケン。

「父親の借金問題――。父親も医師で、銀行から融資を受けてイチから開業した。けれど開業した矢先に自己免疫疾患を発症して、その後、他の疾患も発症し、高額薬剤を飲み続けなければならなくなって、医療費などの費用だけでも月およそ15万円かかる生活がはじまったようなの」

「一過性ではなく」と今度は根津が口を開きます。

「ほどほど高額の医療費負担が延々と続くのは大変ですよね」

「そうなのよねえ」と相槌をうってから、リマは報告を再開しました。

「闘病しながらの診療生活が20年続き、息子が医学部を卒業した10年前にはいよいよ病状が悪化。仕事ができなくなり入院することに。

　診療所開設のためのローンの残金は診療所を売却して返済したそう。それでも多額の借金が残って、窮地に立ったときに肩代わりしてくれたのが月山製薬の藍空市営業所の滝山という現在の所長らしいの。いまは息子の脇田先生が少しずつその人に返済しているみたい。

　というわけで滝山は脇田先生にとって頭が上がらない存在なわけです。これ、今回の依頼者の森村節子さん情報。彼女、脇田先生の元カノらしいの」

　月山製薬は医薬品メーカーの大手です。リマが続けます。

「それで、月山製薬には、多剤併用を減らす際にその候補になる商品が多いようなの。

　どうもね、滝山が所長になってから営業所の業績が下降の一途で、彼、クビに近い処遇になるかどうかの瀬戸際らしくてね。自社の薬がカットされてしまえば、当然売り上げが下がるでしょ」

「だから脇田先生に多剤併用改善の動きはとらないように迫ってるってことか」

　根津が結論を横取りしたかに思われましたが、リマはその推測を否定します。

「たぶん、滝山所長はそういうことはしないタイプ。脇田先生のお父さんが困ってるのを見かねて、お金を都合したぐらいだから、相当のおひとよしらしいの。ただ、業績が振るわずに追い詰められているのも事実みたいで。脇田先生もそれを知ってるから、多剤併用改善に乗り出せないってことね。借金自体もまだ残ってるようだし」

「父親は患者として高額薬剤に苦しめられ、自分自身は患者らの不要な薬をカットすることはできず、むしろ薬をどんどん使ってもらう方向に加担、いや、加担というのは言い過ぎかな」

根津が眉をひそめながら言ったところで「この問題に」とナイチンが口を開きます。

「無理に彼に取り組んでもらわなくてもいいわけだけれど、でもね」

「そうなの」とリマ。「彼自身、ほんとうはこの問題に取り組みたいと思ってるんだと思う。だから彼にやってほしい。タイミングをみて彼と話してみようと思っているところ」

リマのほうを見てうなずいてから、ナイチンは根津に調査の進捗状況をたずねました。

根津は大量の処方薬を自宅の庭に埋め続けている人物・黒川元彦について調べていました。森村節子がメールで伝えた噂はほんとうだったのです。

「まだ彼と直接は会っていないんですが、彼の場合、事故への腹いせに使う道具が薬なんですね。デリケートな心の処理の問題のようです。

3年前に黒川さんは、早朝のジョギング中に酔っ払い運転の男に轢かれて重傷。一命を取りとめ、その後回復してリハビリをし、自宅に。松葉杖なしでは歩けず、右手の握力がほとんどありません。腕のいい旋盤工として働いていた工場はやめ、現在は無職。実家暮らしで、10年前に相次いで両親が他界し、妻子は出て行き、いまは1人住まいです。

事故の後遺症として頭痛、右手痛、不眠、不安、胃痛、便秘、しびれ感などを訴えて定期的にかかりつけ医に内服薬を処方してもらい、その薬代は轢いた男が自腹で負担。その自腹という点が黒川さんには大事なようなんですよ。

友人たちも近づくとあたり散らすので彼に寄りつかなくなっていますが、中学時代に野球部でバッテリーを組んでいた青島さんだけは懲りずにたずねているようで、ここまでの情報も青島さんがおしえてくれたんです。実は青島さん、今日は隣で試合をしているようで、終わり次第、来てもらうことになっています。そろそろじゃないかな」

示し合わせたかのように、根津の携帯が鳴り、しばらくするとユニフォーム姿の青島がナイチン号にやってきました。

「これ、商店街のチームのユニフォームなんです。少し前まではもう1チーム、掛け持ちしてたんですよ。それが黒川たち中学の同期と組んだチームで、黒川は投打の柱でした。あいつは高校も強豪に進んで、ちょっとしたスターでしたから、そんなヤツとまた一緒に野球するのは楽しかったですよ。他のメンバーが練習不足もあってぽろぽろミスしても、黒川は『俺がなんとかするから』って、昔と変わらず、仲間のミスを何度も帳消しにしてくれてたんです」

青島によると、監督をおかず和気藹々とプレイを楽しんでいたチームは、黒川の事故をきっかけに崩壊したそうです。黒川は復帰を目指して懸命にリハビリに取り組みましたが、願いは叶わず。仕事も失い、家族にも去られた彼は、チームメイトにも激しくあたるようになり、やがて顔を出さなくなりました。柱を失ったチームは、それぞれが少なからず故障を抱えていたこともあり、そのうち自然消滅してしまったのです。

説明が終わると、青島はナイチンたちに深く頭を下げました。

「あいつは私たちにとって、希望でした。今度はあいつに光を見せてやりたいんです。事故の直後に監督に就かないか聞いてみたこともあったんですが、とりつく島もない感じで。でも、なんとかしてやりたいんです。私以外のメンバーも同じ気持ちなんです」

根津も一緒に頭を下げて続けます。

「青島さんと違って私の場合は本物のお節介の域だと思うのですが、私にできることはないか、考えております」

青島がナイチン号をあとにしたのち、ナイチンはみんなを集め、「では、そろそろ、発表したいと思います」と言うと、口角を上げてケンに目で合図を送ります。

それを受けてケンはリュックから大きめの四角い箱を出し、その蓋をあけます。中には白い錠剤がセットされたアルミ製の薬剤シートの束が入っています。

「新薬を開発しました、名付けて、ラムネーボ」

ナイチンの言葉に、リマと根津は、目と口を大きく開けます。

「思っていた以上にサプライズになったみたいね」とナイチン。

「だ、だって。薬剤でしょ。確認したいことがあまりにも多いよ」

と言ってリマは、錠剤シート1枚をケンから受け取り、それをしげしげと見つめます。ほんとうは、ナイチンの顔をしげしげと見つめたいリマです。どうしてこういうことをするのか、できるのか、しかし、不安や心配よりも、わくわくさせてしまうこの人って。

「これがラムネーボの解説書」

差し出されたプリントを読んで、リマと根津は、ふたたび目を丸くして顔を見合わせます。

「それでですね、根津さん」とナイチン。

「今回二石地区でわれわれが行っていることについて、ネットなどで話題になっててインタビュー依頼がいくつか入ってるでしょ」

「テレビのニュース番組2つと雑誌。それと新聞も。いずれも丁重に断っておきますので」

「いえ、今回は受けたいと思うの。2週間後くらいに」

根津は目をしばたたかせます。

「え？　ほんとによろしいんですか？　この前春田市で講演を快諾したときも、どういう心境の変化かと驚きましたが」

ナイチンはこれまで、講演こそしぶしぶ引き受けることがあったものの、取材はすべて断ってきたのです。

「苦手だなんて言わないことにしました」

と言うとナイチンは、インタビューを受ける相手を選んだあと、みなに今後の計画を説明しました。


2週間後の夜――――。

テレビのニュース番組にナイチンがゲスト出演しており、その画面を、リマ、ケン、根津、みゆきがナイチン号内で注目しています。

画面では、メインキャスターのジャーナリスト・古西達郎が、視線をカメラからナイチンに移します。

「周囲からナイチンと呼ばれているそうで、私もいいですか？」

「かまいません」

「ありがとうございます。いやあ、ナイチンさん、残薬問題に大きく切り込みましたね！　残薬状況調査所はものすごいにぎわいだそうで」

「はい。おかげさまで、飲み残しの理由や量についてなど順調にデータ収集が進んでおります。

　また、今回の調査をきっかけに、薬を処方する側も受ける側もともに残薬問題を意識してくれるようになったのか、当方の独自調査で、二石地区で処方されている薬の全体量がこの２ヶ月で２割ほど減少しているのがわかりました」

　そこまで言うとナイチンはフリップにあらわした２割減の図を見せます。

「ほう。その２割を５００億円に単純に適用したなら１００億円分ということになりますからね！　改善のための貴重なアクションかもしれませんね！」

「そうなってほしいですね。新しい処方システム構築に役立てられたら嬉しいです」

「なるほど。あなたの毅然とした態度はジャンヌダルクを彷彿とさせるものがあります。クリミアの天使の７世としての使命感みたいなものがあるんでしょうね」

「それはまったくありません。ただ、ナイチンゲールの子孫でなければ、ささやかな活動をしている私がこうしてゲストに呼んでいただけるとは思えないので、その点は子孫の立場を利用できてよかったです」

「そのレトロな感じの衣装は、ナイチンゲールへのリスペクトの表明だと思ったんだけど」

「うちのチームの制服を着てきただけです」

「そうですかあ、気持ちいいくらい淡々としていますねえ」

古西は感心したようにナイチンの顔をのぞき込みます。愛想をふりまかない彼女への嫌味の意味もこめて。ほんとうは、ナイチンゲールへの熱い思いを語るやりとりをはさんで次へ進行しようと目論んでいた彼です。

ナイチンは古西の表情を横目でちらと見ると、古西、テレビカメラの順に顔を向け、笑みを浮かべます。

「おっ、微笑んでくれました！　さてナイチンさん、こちらの工夫も功を奏しているようですね」

古西は油性ペンで1錠○○円と書き添えられた薬袋をカメラに向かって掲げます。

「表側の書き文字はインパクトあるし、その裏面にプリントされた５００億円あれば何人が○○ができるっていう文言も目を引きます。普通はですね、何人が摘便を受けられるかなんて、書けませんよ。こういうところも、市民の節約意識に火をつけたんでしょうね。

ではでは、次に、本日、私的に最もご紹介したいくだりです。これから登場する方の大ファンなので。さっそくＶＴＲ、ご覧いただきましょう」

テレビ画面が切り替えられます。

白髪をオールバックにした人気批評家のマンボウこと萬田望が、和服姿で本棚を背に座っているのが映り、彼のコメントがはじまります。

「主治医から聞かされたときには、この先生、いったいなにを言ってるんだと思ったんですけどね、効いたんだから驚きましたよ。その経過をＳＮＳに書いたら大反響でね、新薬、ラムネーボ、ほら、これ、実にすばらしい、うわっはっはっ」

マンボウはラムネーボがセットされた薬剤シートをカメラに向かって印籠のように掲げました。そして彼のＳＮＳへの書き込みがいくつか映し出されると、画面はスタジオに切り替えられます。

古西が新しいフリップを立てかけます。

そこには縦に「偽薬」と大きく書かれ、そばにある矢印の先には「儀薬」と大きく書かれています。

古西はフリップの横から顔をのぞかせながらカメラに向かって、

「偽の薬と書いてギヤクと読みますが、フランス語ではプラセボ、英語ではプラシーボと言います。本物の治療のように見せて実質上の治療は行っていないあらゆる治療手段を指すようです。

その言葉の意味に、薬効成分は入ってないのに、入っている薬だと患者に信じ込ませて効果を得る手段のことも含まれています。そのときに使用する薬を偽薬と言い、医療ではときどき使われてきました。

　ここで混同しないでほしいのは、前にニュースになった〝偽造薬〟です。高額なC型肝炎の治療薬の偽造品が出まわっていたのがわかったのですね。この偽造薬は偽薬と略しませんのでね、念のため。

　さて、矢印の先にある〝儀薬〟。こちらもギヤクと読むそうです。これはナイチンさんの造語だそうで」

「はい。薬を処方してもらうことをひとつの様式・儀式ととらえるという意味で、儀式としての処方薬を略した言葉です」

「マンボウ先生がSNSに書いていましたが、この儀薬の流れとしては、薬効のない薬の形をしたものを、薬効はありませんよ、と言って渡される。いつものように医師が処方箋みたいな用紙にラムネーボと書き、形態は薬然としたこのラムネーボを、いつもの薬袋に入れていつもの手筈で渡される。そして食後とか痛み時とかの指示通りに飲む」

「はい、その処方を受けるさま、型が重要なんです」

「処方の様式自体が効果をもたらした、という論文が国外で実際に発表されているようですね」

「はい。ただ、かかりつけであるなど医師と患者に信頼関係ができていないと難しいですし、まだまだデータが蓄積されていませんので、どんなケースに使えるか未知数ではあります」

「マンボウ先生のＳＮＳに自分も試してみたいっていう書き込みが殺到しているようですよ」

「まずは藍空市二石地区の医療機関の数か所で、患者さんへ無償提供という形で取り扱えるようにいま働きかけております」

「では、聞いちゃいましょうか、ずばり、ラムネーボの成分はなんですか？」

「お菓子のラムネは、でん粉とクエン酸とブドウ糖でできていますが、そのブドウ糖をぐっと抑えてつくりました。なので甘くないラムネです」

「ラムネ!?　お菓子の？」

「ええ。薬剤として承認されておりませんので、処方を記入する処方箋も似せたものを使用してもらっています」

「へえー！　それにしても、この、儀薬の発想はいったいどこからどう出てきたんですか？」

「人がリスク比に踊らされやすいことをヒントにしました」

「は？」

「長らく薬剤を使ってきた印象の蓄積によって、多くの人は、薬剤に対して厚い信頼がある一方、不信も一気に膨らむ面があると思います。そのために、たとえば、ある薬剤のリスクが2倍になったなどといった情報に触れると敏感に反応したりしますね」

「そりゃそうです。自分や大切な人たちの身を守りたいから」

「仮に、ある薬剤のリスクが、10％から12％に増えたという調査結果になったとします」

　そこまで言ってナイチンは数式を書いたフリップを足元から取り出すと、それを掲げて説明を続けます。

もとの薬剤のリスクの割合	現在の薬剤のリスクの割合	リスク比	リスク差
10%	12%	$\frac{12\%}{10\%}-1=20\%$	$12\%-10\%=2\%$

もとの宝くじ・1等の当選確率	変更後の宝くじ・1等の当選確率	リスク比	リスク差
購入者を100万人と仮定した場合 $\frac{4本}{100万人}$	購入者を100万人と仮定した場合 $\frac{6本}{100万人}$	$\frac{6}{4}-1=50\%$	$\frac{6}{100万}-\frac{4}{100万}=$ $\frac{2}{100万}=0.0002\%$

「それをリスク比で計算すると、このように10％分の12％マイナス１＝20％となり、リスクが20％増となります。一方、リスク差で計算をすると、12％マイナス10％イコール２％で、２％のリスク増です」

「比で見ると20％、差で見ると２％ということですね、20％のほうがリスク増が大きい印象で、一気に薬の評価が下がる気がします」

「比率というものは、比較するベースなしで、その数値だけで実態を把握できないわけです。

　たとえば、ジャンボ宝くじの１等が４本から６本に増えたとします。２本増えたということは１・５倍に増えたわけで当選確率50％アップということになります。たしかに間違いではありません。

　けれども、宝くじを買う人をおよそ１００万人と考えて、１００万人分の６から１００万人分の４を引いた１００万分の２しか差がないのですからね。

　薬剤などは、リスクだけでなく効果においても比であらわしてあると、それに惑わされてしまうことが少なくないと思います」

「なるほど、パーセントや倍率の印象に振り回される面がある、と。効果が倍になったと聞けばそっちに飛びつき、リスクが倍増したなんて聞いたら即危険だと判断したりする」

「はい」

「で、リスク比がどう儀薬の発想につながったんですか？」

「薬剤の効果やリスクの比率に振り回されてしまうのは、薬によって安心したいという強い心理が働いているからですね。

　そのことを考えていたら、改めて、安心というキーワードが見えてきて、体調を崩したあと、受診する、薬を出してもらう、それを服用する、治る、というパターンが多くの人の心に沁みついていて、そのできあがったルーティン自体からも多くの人が安心を得ていると注目するにいたりました」

「なるほど」

「このルーティンに安心する患者を慮って薬を処方している医師もあり、それが多剤併用を助長している面があるとも考えました。

　急に処方薬の数が減ったり、まったく処方しなかったりした場合には、安心が得られず、物足りなさや不安が生じてしまう。なので、薬がない、あるいは薬が少ないルーティンに慣れるためのステップとして儀薬を使うとよいのではないかと考えました」

「は〜、形式、様式、お笑いなんかでは、お約束。たしかに、日本人はとくに型にはまった予定調和みたいなものに安心するところがありますからねぇ」

古西はここでひと呼吸すると改めてカメラに向きなおり、締めの言葉にとりかかります。

「予言します。儀薬あるいはラムネーボが今年の流行語大賞になると。さて、医薬品業界はナイチンさんらの動きと社会への反響をどう思っているのか。以上、時の人レポートでした」

古西の顔がアップになって、そのコーナーは終わりました。


翌々日の午前10時――――。

マロニエ薬局内の残薬状況調査所にできている長い列を、男性２人がメガホンを使って整理しています。１人は商工会の江田島で、もう１人は細身のシルエット。またもゾンデがやってきたのです。

そこへ、カメラをかついだ男性などテレビクルーらしき３人が近づいてきます。

それを横目にすると、列に並ぶ日傘をさした女性２人がひそひそ話をします。

「あの、女性の人、レポーターって感じね」

「なんの番組だろ。やっぱりさ、古西さんの番組出て、あの方一気に有名になったのよね」

「アイデアもいいけど行動するってとこが人と違うのよ」

「そうよね。そういえば最近、残った薬を高く買い取るって業者から電話こなくなったわよ」

そして12時になり、残薬状況調査所の窓口は一旦閉じられます。

ゾンデが調査所のドアを開け、入口に座るナイチンに挨拶ふうに片手をあげます。

「監視ですか？」とナイチン。記録用のキーボードをタッチしながら冷静な表情で応じます。

「人聞きの悪いこと言わないでくださいよー。あなたはね、おとといのテレビ出演のことがネットで話題だし、朝のワイドショーでも取り上げているし。なんと、スポーツ新聞まで〈ナイチン7世あらわる！〉って。と言ってもそれは珍動物あらわる、みたいな扱いだけどね。

とにかく、混乱の可能性があるだろうとお手伝いに来たわけですよ。あの新米の、小野さんだっけ、今回はおしえてくれなかったけど、テレビで居所がわかっちゃったから」

「頼んでいないです」

「そんなこと言わないでぇ。お役人さんは使い出あるよ」

「なら、ラムネーボの薬剤承認に向けての動きに協力してください。さきほどもこの地区の方から問い合わせが」

「お菓子を薬剤として承認するわけがないでしょ」

「現状では、ですね。でも、絶対に無理ではない気もしますけど。ラムネーボを儀薬として使うと、特定疾患療養管理料のような名目で保険診療の一部に含むような検討はできないかしら」

「えーと、あなたが僕とつき合うと約束してくれるのなら、うちのその方面の人を紹介してやってもいいですよ。どう？」

「ノーです。そういう面倒なことを言い出すなら、なにも頼みません。これからも１００％ノーですから、期待は一切しないでください。あっ、いまのは比喩としての１００％です」

「そうですか」

ゾンデは唇を尖らせながらネクタイを整え、くるりと踵を返してドアを開けて退室します。廊下に出た途端、自分で自分を抱きしめるようなポーズとなり「くうう、ああいう冷たい態度に余計に燃えちゃうんですけどお」とつぶやきながら身をくねらせました。

ゾンデがナイチンのもとを訪れた理由は、テレビだけではありませんでした。彼のもとに1本の電話が入ったのは、その前日、夜遅くのことです。

「君、最近、塾のほうに顔を出してないですね～」

「残念ながら、タイミングが合わないもので」

ゾンデは、医薬品関係者や医療者などが多く参加する勉強会に参加しています。電話の相手は、そのトップのようです。

「私の記憶が間違っていなければ、今度から〝つくの宇宙マラソン大会〟にかかわることになった診療所は、君の知り合いのところでしたよねぇ」

「ええ、そうです。橘高さんですね」

「そう、そうです、橘高だ。そもそも君が彼女のチームを推薦したんでしたかね」

「まあ、結果的にそうはなっていますが、地元の診療所ですし、いいチームですから、私の推薦がなくても決まってたとは思いますよ。ちょっとメンバーはクセがありますけどね。ハハッ」

「そうですか。私も君が推薦していたからこそ、スポンサーとして彼女たちの参加に異を唱えなかったんですがね、まったく、飼い犬に手を噛まれた気分ですよ」

「と言いますと？」

「いや、なんでもない、こちらの話です。君は気にしなくて結構。で、とにかく、もうちょっと彼女のことをどういう人物なのか知りたいなと思いましてね。なんでも、ナイチンゲールの血を引いてるらしいじゃないですか」

「よくご存知ですね。7世だったかな」

「たまたま別の件でも彼女のことを聞いたものですからね。それでね、彼女やその仲間に関する資料を持ってるなら、まとめて送ってくれませんかね。私も興味津々なんですよ」

「それぐらいなら、お安い御用です」

「ありがたいですねえ。よろしく頼みますよ。ところで、君、月山製薬の滝山君のことは知ってるはずですよね？」

「ええ、存じてます。藍空市営業所の所長ですよね」

「ふふ、知ってるのなら安心しました。どうもこのところ彼が苦しい立場におかれてるようでしてね。彼も君と同じで、うちの大切な塾生ですからね」

「そうなんですね。滝山さんとはずいぶんご無沙汰でして」

「ん、君は知らないのかい？　なんでも、さっきのなんだ、橘高という看護師が暗躍してるらしいじゃないですか」

「そうなんですか。その件には私はまったくタッチしてないものでして」

「う〜ん、それは困りましたねえ。まあ、いいでしょう。ここからは私の独り言です。君はあの看護師と距離が近いようだし、見張っておいてほしいものですねえ。あんまりねえ、出しゃばられると困るんだよ」

「はあ……」

「おっと、今度はつれない返事ですねえ」

「独り言だったんじゃないんですか」

「ははは〜、独り言に決まってるじゃないですか。まったく、なにを言ってるんですか、君は」

　通話はしばらく続き、丁寧に挨拶をして電話を切ったあと、ゾンデはスマホを無造作にソファに投げ置きました。


日曜の夜――。

ナイチン号でいつものメンバーがミーティング中です。いまは根津が、黒川元彦宅をたずねた結果を話しています。

「青島さんに仲介してもらって、今日の午後にはじめて会いました。青島さんの都合が悪く、1人で向かったので不安だったのですが、お互い、プロ野球の大御所・戸村克也のファンだとわかってから、彼、ほんの少し心を開いてくれた感じでした。運がよかったのか、私も持っている戸村さんの本が付箋だらけになって置かれているのが目に入ったんです。ただ、本のことを聞くとはじめはちょっと照れくさそうにしていたんですね。理由は、さっき青島さんに今日のことを報告してわかりました。私としては、黒川さんの転機となるようなにかができたらという気持ちになっていますが、その気持ちはおそらく、黒川さん本人がいちばん強いのではないか、そう感じました。以上です」

「転機といえば」とリマ。

「都内の病院に入院中だった脇田先生のお父さんがクスノキに転院してきたの」

そこまで言うと彼女は少しうつむき、

「緩和ケア病棟に。その後発症した肺がんでターミナル期らしくて。でもね」

と言うと、今度は顔をあげてニコリとします。

「そのお父さん、ラムネーボの話を聞きたいって、呼ばれて私、病室をおたずねしたのよ。で、自己紹介したら〈あなた、セラピーハンドらしいね、私にも頼むよ〉って手の甲を差し出したの。なんか、楽しい方でね。じゃあ、ということでハンドマッサージして」

すると彼は、温泉に身を沈めたときのように「〈ふぅ〜〉」と声を発して目を閉じ、まもなく息子のことを次のように話しはじめたと言います。

「〈息子を苦しめてきました。で、こないだ言ったんです。自分のやりたいように仕事しているところを私に見せてくれって。私を助けてくれたある人物に遠慮しているらしくてね、それをもう止めてほしいと思ってね。私が死んだら全部保険でカタをつけられるし、それはもうすぐだから〉」

リマが腕組みをして続けます。

「ああ、これは、脇田先生の元カノから聞いた、月山製薬の滝山という人の話だなってわかったの。あのお父さん、かなり衰弱してて、もう、あまり時間がない感じ。脇田先生はそれがわかって、今回の行動を起こしたんだと思う。

いまから3日前に、救急外来の休憩室で、私たちに話してくれたの。地域の医師の連絡会で〝超専門・多剤併用改善検討会〟を立ち上げると。たぶん滝山さんのことだと思うけど、製薬会社の知り合いにも協力してもらうようお願いするって、張り切っている目だった」

その日の夜中、二石地区のコンビニにふらりと入ってきたゾンデが、たまたま出会った先客に声をかけます。

「奇遇ですねえ、犬江先生。あっ、そうやって逃げないで、せっかく会ったんだから」

「逃げてないですよ。とくに話すことはないだけです」

「愛想がないのはチーム・ナイチンの売りですか？」

と言ってゾンデはケンのうしろをついて歩きます。

「先生、すごく優秀な医師だって、うちの職場にまで噂が轟いていましたよ。病院をやめたのは実家の医院を継ぐためではなく、ほんとうは、あの、冤罪の件でしょ」

ケンはこたえようとしません。

「じゃあ、質問を変えましょう。先生、どうしてナイチンさんは仲間としてあなたを選んだんでしょうか」

「………」

「ずっと聞きたかったんですよ、ライバルとして」

ライバル、の部分でケンは立ち止まって振り返り、ゾンデの顔を不思議そうに見ると、商品棚側にくるりと顔を向け、「僕はね、八犬伝の中で仁の玉を持つ犬江親兵衛の子孫だと信じているんですが、その理由を、長くなりますけど聞きます？」と話題を変えます。

「いいえ」

ゾンデはノーサンキューの表情を返します。

ケンは「それは残念」と、すたすた数歩あるいてから「あっ、そうだ」と言って立ち止まります。

「クスノキの救急外来にいる脇田さんという医師が、ポリファーマシーをどうにかしようとしてるんですよ、どうか、お役人さんとしてサポートしてあげてくださいよ」

「ん？　えっと、犬江先生が僕に頼みごとをするということですか？」

「はい、頼みます」

「ということは、僕が頼みごとを聞いてあげた場合、犬江先生は僕に借りをつくるってことになりますよね」

「とにかく、よろしく」

ケンはふたたび歩きはじめ、ゾンデは両手をズボンのポケットに入れ、口を尖らせてケンのうしろ姿をにらみました。


6日後の朝。

クスノキ総合病院内の人気のないベンチにナイチン、リマ、ケンと商工会の江田島が座っています。脇田医師が、未明に雑居ビルの階段で転び、クスノキに救急搬送された件について、江田島から話を聞いているのです。全治2週間の脇田は現在、個室病室で眠っています。

「居酒屋〝とりちゃん〟の成田さんから連絡があったんです。彼、診てもらったことがあるから、すぐ脇田先生だとわかったそうで。で、先生はもしかして、一緒だった薬品会社の人かその関係者に襲われたんじゃないかって」

昨夜、とりちゃんの半個室席で脇田とスーツ姿の3人の男性が飲食。会話の断片から、薬品関係の会社の人が脇田を接待しているといった雰囲気で、中盤から3人は脇田にどんどん酒を飲ませるので、店主の成田は気になっていたと言います。

江田島が続けます。

「で、酔いつぶれて寝ちゃった先生に、3人は〈調子に乗るな〉みたいなことをぶつぶつ言ってたらしくて。

領収証はいらない、と言われたのも成田さんは変だと思ったようです。彼らは、タクシーに乗せるって言って先生を抱えて店を出たそうなんだけど、その数分後に帰ったお客さんが階段の下で倒れている先生を見つけて」

「今日の夜はさ」と言ってリマが眉間にしわを寄せます。

「先生が張り切ってた、例の〝超専門・多剤併用改善〟のための第1回会合を開催予定だったのに」

江田島がナイチンらをちらと見たあとうつむいて言います。

「ですよね。今夜の集会の話を聞いていたんで、脇田先生にそういうことをやられては都合の悪い人たちの妨害と、ナイチンさんたちへのけん制なのかもと思って連絡したわけです」

リマはナイチン、そしてケンと目を合わせます。森村からは、一昨日、脇田が月山製薬の滝山に多剤併用改善の話をしたことを聞いていました。滝山ならわかってくれるはずだと思っていましたが、その見通しは甘かったようです。

　江田島はうつむいたまま続けます。

「あの、みなさん――。もう、引き上げてもらえませんかね。ナイチンさんが世間に非難されるようになってから、協力をしているこちらにも悪影響があって、昨日なんか、床屋やってるなにも知らないうちの親父に、お客さんがラムネーボなんて胡散臭いって言って怒り出しまして」

　4日前、週刊誌に、ナイチンに対する非難記事が掲載され、彼女への非難と疑惑のムードが一気に世間に広がったのです。記事を書いたのは批評家マンボウの宿敵の評論家でコメンテーターのオカジュンこと岡崎淳平。

　それでもナイチンを支持する人たちはいて、残薬状況調査所を続けていたところ、一昨日に調査所でボヤ騒ぎが起きました。それを受けて、ネット上に「ナイチンの自作自演で同情を買おうとしているのでは」「ナイチンはマンボウの愛人」などと書き込む人も出てきています。

　江田島がため息をひとつつくと、続けます。

「それと、ナイチンさんが担当ではない景品所では、生活用品を交換したいがために、わざと1錠、処方薬を飲み残してそれを持ってくるような人も出てきて。

ナイチン号だって石をぶつける人がいて、結構傷ついているらしいじゃないですか。潮時なんじゃないですか？」

「あと数日、いや1週間、どうかご協力をお願いします」

ナイチンはそう言って静かに頭をさげてから、江田島の目をじっと見つめました。その目力に押されたのか、江田島は「わかりました。あと1週間だけですよ。その間は私も協力を続けましょう」とあっさり引き下がったのでした。

それから、1週間後の昼。再開したマロニエの残薬状況調査所の前で、江田島は自分の判断が間違っていなかったことを痛感していました。大勢の人が列をつくり、午後の部の開始を待っています。

江田島はその列を横目に軽やかに歩を進め、受付のナイチンをたずねます。

「局面、がらりと変わりましたよ。で、一貫してナイチンさんを支持したからすごいって言われて、将来、商工会の会長に私を推したいみたいなことを言ってくれる人もいて」

実は、脇田がクスノキに救急搬送された日の午後、ひとつの書き込みがネット上で広がり、夕方のテレビニュースでも取り上げられ話題となっていました。小さな哲学者という異名を持つ小5の男児・小川誓が、次のようにＳＮＳでつぶやいたのです。

〈ナイチンさんの今回の行動は、処方薬の飲み残しを減らすため。薬をムダにしないため。そもそもはそこ〉

この最後のフレーズがたしかにそうだという見方をもたらし、マスコミもナイチンを評価する方向へと傾き、「ナイチン、偽者？」とでかでかと書きたてたスポーツ新聞も「そもそもはそこ」と見出しをつけて記事を掲載。

そして昨日、小川誓が次のようにＳＮＳに追加で書き込んだのです。

〈僕はナイチンさんが主宰する統計クラブの役員をしています。彼女が古西達郎さんのニュース番組に出演してから昨日でちょうど１ヶ月。その間、統計クラブの全国の会員によって可能な範囲で調査していましたが、この１ヶ月で、全国の処方薬の飲み残し推計３割減という結果が出ました。その率を単純に５００億円にあてはめると年間１５０億円分節約ということになります〉

チーム・ナイチンに追い風を吹かせたのは、小さな哲学者だけではありませんでした。脇田が入院した翌々日、月山製薬の滝山が見舞いにやってきて、涙ながらに謝るとともに、多剤併用対策の会を応援すると言ったのでした。

それは、ゾンデの行動がもたらした結果でした。ケンから脇田医師のことを頼まれたゾンデは、脇田が飲まされて酔いつぶれたとき、とりちゃん店内の別の席で飲みながらその様子を見ていました。しばらくして店を出ると、あわてて走り去る３人のうしろ姿が遠くに見えました。手前には脇田が倒れており、ゾンデは一通りの介抱をしながら、救急車を要請したのです。

そのあと彼は、月山製薬の滝山に電話し、忠告までしていました。

「まずいですよ、ああいうことは。僕、全部見てましたから。脇田さんは朦朧としながら〈医師である自分が転倒しちゃうなんて恥ずかしい〉って言ってましたけど、あなたの立場も考えてのことでしょう。

ただ、あなたは部下にああいうことをさせるような人ではない。誰かに指示されてのことでしょう。そこは私がどうにかしますから、あなたは脇田さんの多剤併用改善の取り組みを応援することを私と約束してください。売り上げは減るでしょうが、それを取り戻すためにも、お役人の僕とはいい関係でいたほうがいいですよ、なにかと」

こうして滝山が心を入れ替えたのとときを同じくして、黒川の問題にも解決のめどがつきました。根津は青島とともに、黒川に解散状態だった草野球チームの再結成と監督就任を提案したのです。黒川はなかなか首を縦に振りませんでしたが、元チームメイトたちが入れ替わり立ち替わり彼を説得したところ、態度が軟化していきました。その数は、黒川と青島をのぞいて総勢10人。

最後の1人となったのは、黒川の控え投手だった茶谷でした。しかし、茶谷が訪れるはずだったその日、黒川宅にやってきたのは、根津と青島だけでした。それを知った黒川の表情が曇ります。

「茶谷はなんでいないんだ？」

実は、茶谷のドタキャンは、これで2度目でした。

「この間も言ったけど、あいつのとこ、まだ小さい子どもがいてな。この前出た熱が、ぶりかえしちゃったらしくってさ」と青島が説明します。

「そうか……。早くよくなるといいな。あのさ、ほんとうは病気の子どもはいなくて、俺に会いたくないだけとかじゃないんだよな」

「ははは、黒川、さすがに疑い深すぎるよ。今日はちゃんとメッセージを預かってきたよ。またみんなで野球がやりたい、でも、12人全員が揃わないと意味がないってさ」

その言葉を聞いた黒川の目には、安堵の涙が浮かびました。

「青島、ありがとう。お前には一生、頭があがらないよ。根津さんも、ありがとうございます。やっと、12人、揃いました。みんながそれぞれ、特別なんです。誰ひとり、欠けちゃいけない特別なチームなんです。事故が原因とはいえ、私は、そのチームを壊してしまった。それなのに今さら監督だなんて、おこがましいにもほどがある。そう思ってました。でも、許されるのであれば、もう一度。そういう思いがあったのも事実です。全員が戻ってきてくれることがわかったいま、監督を断る理由は、もうありません」

青島は咽び泣き、なかなか言葉を形にできません。その横にいる根津も感極まった様子で言葉を絞り出します。

「私は、黒川さんの付箋だらけになった戸村監督の本、あの監督の心構えがすべて描かれている名著が、青島さんから贈られたものだと知ったときから、こうなる日が来ると確信していました。そのうえ、すばらしいチームの絆まで見させられて、私は幸せ者です！」

すると、涙まじりの鼻水をぬぐいながら、黒川が言います。

「いや、あの本は……私が買ったものです。青島が私に持ってきたのは、戸村監督の現役時代のスキャンダルを報じた週刊誌ですよ」

「そうそう、あれね、何十年も前の週刊誌を古本屋で必死に探したんだよ。彼だってあんなスキャンダルを乗り越えて名監督になったんだ。お前もできるっていうメッセージ、伝わっただろ？」

「いや、そのメッセージは、直接言わないと伝わらないと思うぞ」

自分が早とちりしていたことに気づき、バッテリーののろけ話をうらめしそうな表情でながめるしかない根津でした。ただ、結果が彼の望んだものになったことには変わりはありません。黒川は、監督となるからには、薬を庭に埋める行動はまずいと考えたのか、受診の際に医師に薬の処方を頼むのもやめると宣言しました。

ナイチン号が本拠地を目指して帰途についたのは、その数日後のことでした。車内では、テレビ局に向かったナイチン以外の4人が、今回の活動を振り返り中です。

「根津さんらしさが際立ったかもね。黒川さん宅にまめに足を運んで」

リマがそう言うと、みゆきが運転席の根津に向かって質問を投げます。

「ところで、根津さんはなんでその本を読んでたの？　あなた野球ファンじゃないでしょ」

「え、いや、チームマネジメントの参考にしようかと思って買っていたんですよ。個性的なメンバーをまとめるのはなかなか大変ですからね」と根津はうっかり口を滑らせます。

「その結果がナイチンへの茶封筒攻撃なの？」とリマは突っ込もうとしましたが、その前にケンが「それにしてもゾンデも変なやつだよな」と話の主役を変えたために、彼女もその新しい話題に乗ってしまいました。

「そうだけど、それでも今回はさ」とリマ。

「多少、お役人さんらしい行動をとってくれたんじゃないかな。ただ、貸しができましたな、ってケンに伝えてくれって、わざわざ私に言いにきて、は？　って思ったけど」

リマは、ケンの二の腕を人差し指でつんつん押しながら続けます。

「ケンも脇田先生を励ましてくれたんだってね、脇田先生言ってたよ。すごく勇気をもらえてありがたかったって。ケン、そういうことぜんぜん私たちに言わないから」

「お互いがんばりましょうって言いに行っただけだよ。そんなことより、めでたいトピックがあったでしょ、ねっ」

と言うとケンはリマの顔を見てニヤリ。

「あっ、そうだった。脇田先生と森村さん！」

「そうだよねぇ」とみゆきが目を細めます。

今回の依頼者の森村節子は脇田の元カノから恋人に戻り、さらに結婚することが決まったのです。2人して脇田の父のベッドサイドに行き、それを報告したそうです。

夜――。

古西達郎のニュース番組にナイチンがゲスト出演しています。

「ナイチンさん、ますますあなたのお顔が怜悧《れいり》に見えてきましたよ。ジェットコースター並みのあなたの評価、上がる下がるいずれにしてもマスコミが取り上げて、結局、みなが残薬問題に注目した。もしかして全部折り込み済みだったのではないですか？」

「いいえ」

「あっ、今夜は、オカジュンさんの週刊誌の記事についてコメントしていただくためのご出演でした。時間内に可能な限りおこたえいただきましょう。

ではまず、統計マニアのナイチンさんは、人イコール数字で、人間や社会を実験台としてとらえている冷酷な人間だ、という言説についてはいかがでしょう」

「実験台という言葉への認識のずれがあるかもしれませんが、ご指摘の通りだと思います。人生は実験の連続です。そして個々の人生が束になっているのが社会で、たとえば日本の超高齢社会も人類史上はじめてでさまざまな実験を重ねながら存続をはかっているわけですよね」

「そうきましたか。では、こないだあなたがこの番組のフリップで示したのは小規模すぎて統計ではない、という点については」

「小規模でも統計は統計です。二石地区における調査だと申し上げましたし期間も短いので、当然小規模なのですが、大調査だと勘違いされた方がいらしたかもしれませんね。統計には血が通っていて、真正直なものや、勘違いを期待したものもありますから、ご注意ください」

「ほうほう。あなたの活動は金持ちの道楽だという指摘については」

「ナイチンゲール財団、と言っても小規模ですが、そこから活動費用を借り入れて動きをとっています。借金ですから、当然返す予定です。それを道楽と思われるならそれでもかまいません」

「では、ナイチンゲールの7世ではないのではないか、という点は」

「7世の証しとして、この首飾りと2世のために書いたというナイチンゲール直筆の書面を受け継ぎました。それだけです」

「では最後の質問。このほど、こたえにくい大きな質問をあえてゲストに投げかけて、必ず言葉にして回答していただくコーナーをもうけました。今日はその第1回。そこで、ナイチンさんに質問です。あなたはなんのために生きているのですか？　さっ、こたえてください」

「こたえません」

　ナイチンは間髪を入れずに言います。

「えっ、あの、ですから、そこを、悩みながらもなにかつぶやくとか、苦しまぎれに意外な単語が飛び出すとかですね」

「こたえません」

古西の目を見てナイチンはさらりと言います。

「えーっと。どうしてですか」

「考え中なので」

堂々と言いました。咄嗟の回答ですから、ほんとうに考え中なのかもしれません。

古西がカメラに顔を向けて「こたえません。考え中なので」とナイチンの真似をして言って、画面はＣＭになりました。


この「考え中なので」というフレーズが、その後、少しだけブームになるとはナイチンは思っていませんでした。視聴者の中に、彼女への憎しみを募らせている人物がいることも。例の勉強会のトップです。彼は番組がＣＭに入る前にテレビを消すと、リモコンを投げつけながら吐き捨てました。

「今回は役人の横槍が入ったけれど、私の庭を荒らしたからには、そちらの庭も、もっともっと荒らさせてもらいますよ。まったく、気に食わない看護師だ。ねえ、吉岡君。君もそう思うだろう？」

第3話

介護老人保健施設の抗争

空にひつじ雲が広がる昼下がり、中庭の噴水に面したベンチで、半纏《はんてん》を羽織った高齢の男性2人が筆談中です。ともに耳が遠く、声が大きくなってしまうため、会話では密談にはならないからです。

〈義はこっちにある〉〈そうだ、道男さんの弔い合戦だ！〉

ここは、四つの葉地区に位置する老健（介護老人保健施設）の「四つの葉苑」。

車椅子に乗った高齢の染野恭子が噴水エリアにあらわれ、そばに咲く赤い花を摘んで耳の上にさすと、空を仰ぎ微笑み、半纏の2人のほうをちらと見ます。

真紅の口紅をつけた彼女も2人と同じ四つの葉苑の入所者です。都合の悪いときにボケたふりをする、と入所者間でもっぱらの噂。

〈ていさつか？〉〈そうかも〉

とメモでやりとりした半纏の2人は、彼女を「ニット組」のスパイだとにらんでいます。

四つの葉苑の入所者内に、半纏愛用の「半纏組」とニット愛用の「ニット組」それぞれ数名ずつのグループができており、目下敵対しています。

半纏の2人は目配せをしてその場をあとにします。要介護度1の認定を受けている2人は、手すりにつかまり、自力でそろりそろりと歩いていきます。

四つの葉苑の居室エリア突きあたりの4人部屋では、窓際にニット組の3人が集まり話していました。みな補聴器をつけています。3人ともチェック柄のYシャツの上にニットのカーディガンを羽織っています。

「あいつらに、道男さんがあんなことになったせいにされて、実に困る」

「そう、たまったもんではないよ」

「もはや、話し合いではケリがつかない段階に来てるってことだわね」

その頃、四つの葉地区のしあわせ商店街の裏手にある住宅街の細い路地を、2人の若い男がスマイリンググリップを保ちながら歩いていました。

体操のおにいさんを連想する清潔感のあるお揃いのジャージ姿で、やや大きめのトートバッグを提げています。

2人は古い佇まいの一軒家の前に立ち止まると玄関の呼び出しボタンを押し、明るい声で呼びかけます。

「こんにちは！　訪問ステーションの者です」

すると、間があったのちガラガラと硝子戸が少しあき、高齢の女性が外をのぞきます。

「どちら様でしょうか」

「こんにちは！　私どもはお元気サポート訪問ステーションの者です」

２人はすばやく頭をさげ終え、

「お母さん。ちゃんとお顔を拝見しながらご挨拶させてくださいな」

と言いながら硝子戸を押しあけます。ゆっくりながら強引に。

そこから１００ｍも離れていない場所では、40代とおぼしきリクルートスーツ姿の女性２人が住宅街の路地を歩いています。２人はスマホ画面をチェックしたあとにうなずき合い、蔦が生い茂った平屋建てのインターホンのボタンを押します。

「地域包括ケア委託事業所、スマイルの者です。午後のスマイル訪問ケアでまいりました」

するとまもなく玄関の戸が開き高齢の男性が顔を出します。


橘高診療所のスタッフルーム――――。

久坂椿が窓際で庭を指さします。

「黄色い花が咲いているでしょ。揺れるような感じで。あれ、キバナコスモス」

ナイチン、リマ、ケン、根津が、どれどれ、と窓際にやってきて、椿が続けます。

「コスモス属ではあるのだけど、みんながよく知るピンク色のコスモスとは交配することができないの。でも、チョコレート色の花びらをつけるチョコレートコスモスとは交配ができて、ストロベリーチョコレートという赤みのあるチョコ色の花びらをつける花になるの」

「へえ、植物にもいろいろあるんですねえ」とリマ。それから、4人はミーティングをはじめます。

今回、ナイチンらは四つの葉苑に勤務中のナース・谷山未華子からの依頼を引き受けることにしました。依頼のメールには次のように綴られていました。

――当地は地方都市のはずれで、都市部に比べて施設の構造としてはゆったりしています。

しかし、入所者の在所日数3ヶ月までをめどにするのは、都市部の施設と同様に到底無理です。先日、老健の平均在所日数が約1年だと聞き、やはり、どちらの老建でも、国が示す3ヶ月というのはなかなか難しいのだな、と少々ほっとした思いでした。

老健（介護老人保健施設）とは、リハビリなどで機能を回復して自宅復帰することを目的につくられた施設。一方、特養（特別養護老人ホーム）は、最後のときまで心穏やかに過ごすところ、としてつくられた介護つきの施設です。

ただ、特養には要介護度3（立ち上がりや歩行などが自力ではできず介護を必要とする状態。排泄や入浴、衣服の着脱などに全面介助が必要）以上の認定を受けていなければ入れない上に、「入所待ち」が生じています。

よって、自宅療養のめどは立たず、かといって特養には入ることができず、3ヶ月以上老健で過ごすことになる人が少なくない。3ヶ月過ごしてそこを退所し、また別の老建に移り、また3ヶ月後には別の老健へ、と渡り歩くことになってしまう人も中にはいます。

メールは次のように続きました。

この夏は、めずらしく何人もの方が入所3ヶ月前後で自宅へ戻るか特養へと移り、それがひと段落した秋口から、入所中の方たちがイライラピリピリしはじめました。ちょうどその頃に入所してきた能瀬道男さんが、先日、もうこれ以上はここにいたくないと、家族に無理を言って施設から自宅に戻ったのです。

すると入所者の方たちから、いじめが原因かも、という声が出はじめまして。

能瀬さんは周囲がカチンとくるような挑発的な言動をされる方で、あまり人が寄りつきませんでした。それでもぜんぜんめげていない様子だったのですが……。

実は、能瀬さんのご家族からは、当施設を退所後に自宅での受け入れは難しいという話が出ていました。本人もそれは察知していたようですがそのうえで「このままだと俺は死ぬしかない」とまで言い出したので、別の施設が見つかるまではと、ご家族も一旦受け入れたようです。

　私としては、いじめではなく、なにか別の悩みがきっかけになったのではないか、と考えておりますが、問題は、この能瀬さんの一件を理由にして入所者間で抗争のようなものに発展しそうな雰囲気がある点です。２つの勢力に分かれて、無視したとか、悪口を言ってるとか、なにかと理由をつけてはいがみ合っています。能瀬さんの退所を互いのせいにして、亡くなったわけではないのに、能瀬さんの弔い合戦だなんて言い出す人もいる始末です。

　施設としてもみなさんの様子をいつも以上に細かに観察してはいますが、取り返しのつかない事態とならないようになにか手を打たなければ、と職員間で話し合っているうちにときが過ぎていきます。

　それと、もうひとつ。高齢化率の高い当地では、１人住まいの高齢者をカモにした訪問ケアサービス詐欺が出没しはじめています。

　実は、80歳になる私の母も、四つの葉地区で１人暮らしなのですが、一度、詐欺と思われる若者を家に入れてしまったようです。１時間くらいお茶を飲んで世間話をしただけだと、母は詳細を言おうとしません。放っておくとカモになってしまうのではないかと心配しています。

私はこのほど四つの葉苑を退職し、四つの葉地区も含む地域包括支援センターに勤務することになりました。できることはなんでもいたしますので、何卒よろしくお願いいたします。


リマが窓越しにキバナコスモスに目をやりながらつぶやきます。

「これから行く老建では仲良くしてほしい高齢者たちがいがみ合い、一方、仲良くくっついていたいのに闘病のために離れなければならない老夫婦もいる」

その言葉に根津が眉をひそめます。

小野の祖母の蝶子が体調を崩し、Ｔ大病院を受診しそのまま入院。胆管がんが見つかり、1年は持たないかもしれない、という病状だとわかりました。本人にそれが告げられ、積極的な治療はせずに自宅療養をする方向となり、退院に向けて小野がもろもろの調整中なのです。もろもろの中には、寝たきりである祖父・実郎の介護の分担も含まれています。

さらに、祖母の蝶子はその後、ＥＳＢＬ産生菌――多剤耐性菌と言われる、抗菌薬がほとんど効かない菌。昔、話題になったＭＲＳＡも多剤耐性菌。体力や免疫力が落ちている人に感染すると、効く薬がなくて命取りになる場合のある菌――に感染していることが判明しました。

それを知らなかったらしい根津にリマが説明し、ケンが話を継ぎます。

「夫の実郎さんは免疫力が低下しているため肺炎や尿路感染をよく起こし、抗菌薬を頻繁に使用していますから、蝶子さんのその菌が実郎さんの身体に移行すると、命取りになる可能性が小さくないんです」

「じゃ、その菌がうつらないようにするには？」

根津がリマとケンを交互に見ながら聞きました。

「非接触対策」とリマ。

「隔離の方向で。万が一触れるとしても、手洗いなどはもちろんのこと、必ず手袋やエプロンなどを使用する」

「蝶子さんと実郎さん夫妻にとって、それは最も辛いことでしょう」

小野の祖父母は、スキンシップがなくてはならないカップルなのです。

根津の言葉にリマはうなずきます。

「その菌のことを本人たちには伝えない、つまり酷な事実を知らないまま2人には接してもらう、あるいは2人に伝えて非接触にする、などなどいろいろな選択肢があり、どうするのか、小野が最終判断するようです」

根津は唇を固く閉じてゆっくりうなずくと、くるりと身体の向きを変えてナイチンに歩み寄り、うしろ手に持っていた茶封筒をおずおずと差し出します。

「ノーです」

きっぱりと言ったナイチンを、目の端で見たケンが中指でトントンとやります。それをリマは見逃しません。

根津は小さく苦笑したあと「失礼いたしました」と言って背筋を伸ばし、事務連絡の口調で、みゆきが打ち合わせ通り、例の老建の清掃スタッフとして一足先に入るそうだと伝えます。

「あら、離被架《りひか》方式でやったのね」

窓辺で庭をながめていた椿が、ナイチンの作業をながめて声を発しました。

離被架とは、手術後の創部や怪我の傷の部分などに直接触れたり圧がかかったりしないようにするフェンス状の医療器具のこと。

この日、ナイチンが包帯を巻くために選んだのは根津とケンによる対局の途中だった将棋盤でした。ケンが優勢で終盤を迎えていましたが、ミーティングの間にナイチンの処置がはじまったことで、対局の中断は予想以上に長引くことになりました。ナイチンは自らが奏でる「エリーゼのために」のメロディとともに、農業のハウス栽培の骨組みのように針金を取り付け、その上に包帯を巻きはじめます。

「振動とかで駒がずれてしまったらどうするの？」

「一応、駒の位置の現状は写真に撮っておこうと思ったんだけど、根津さんが全部覚えてるからその必要はないって」

椿の問いにこたえるとナイチンは、作業を続けながらなにやらぶつぶつとつぶやきはじめます。その中で、「ボルドー」という言葉がリマとケンの耳に残りました。


２週間後――――。

夜、四つの葉地区の一角に駐車したナイチン号内で、チーム・ナイチン５人がミーティング中です。いまは、リマが発言しています。

「――医療や介護の人にきてほしいわけではない。また、便利屋さんを呼ぶような差し迫った用事があるわけではないけど、呼べばいつでもくる。場合によってはちょっとしたことをやってもらえる。結局、そういう、自分が決定権を握れる感じが魅力なんじゃないかな」

みながうなずきます。

２週間前に四つの葉地区に入ったナイチンらは、まず訪問詐欺の実態を知るために、手分けして聞き込み調査を行いました。その結果、手口の詳細がわかってきたのです。

1人住まいの高齢者宅をたずねて上がり込み、お茶、場合によっては食事をご馳走になったり、話の流れで録画してあったテレビ番組をDVDに保存したり、ちょっとしたお使いなどやってほしいことに応じる。呼ばれたらいつでもたずねる。元気でいるためのそういう訪問サービスだと説明して帰る。お金はとらない。それが1回目。

おおかたの人が日をあけずに電話をして彼らを呼ぶ。するとすぐにやってくる。そして1回目と同じ対応をする。お金はとらず、帰る際に契約の話を持ち出す。10年間、呼ばれたら可能な限り、いつでも訪れる。その料金は、現金で一括前払い、10万円〜30万円。契約するなら次回にお金を用意しておいてほしい、と告げて帰る。

そして3回目。これまで通りの対応をし、細かい字がぎっしり詰まったでたらめの契約書を差し出す。そして現金を受け取って帰る。その直後から連絡がとれなくなる。

「僕はね」とケン。

「大人になった孫のような存在を求めているように感じた。社会のことを一通り知っているし動ける。若い人の文化もわかり、たとえばサラメシってなに？　と聞かれれば説明する。でも、あれこれ指図はしない」

「たしかにねえ」

リマが納得したようにうなずきます。

詐欺の実態が見えてきた1週間前、ナイチンらは依頼者の谷山の協力も得て、訪問事業「ノー医療、ノー介護の訪問サービス・バックスクラッチャー」の設立準備を開始しました。バックスクラッチャーとは「孫の手」の意味。

サービス内容は、訪問ケア詐欺の連中が行っていたものとほぼ同様で、料金は訪問の都度請求する予定です。現在はお試し期間として無料でサービスを行っており、今後、適切な料金とサービス内容を決定することになっています。スタッフ募集中で、随時面接をしています。

「おこムーミンは、どうする？」

「彼、予想以上に、お客さんのウケがいいのよね」

リマの問いにナイチンがこたえました。彼は、ナイチンらがお試しサービスのチラシを住宅街でポスティングしているときに、いつの間にかあらわれてあとからついてくるようになり、サービスを開始した際にもどこからともなくあらわれ、スタッフになりたいと言い出したのです。ナイチンが面接すると、当地で育ち、5年ほどコンピューターのプログラマーとして勤めたあとニートになったとのこと。ムーミンそっくりの体型と顔で、いつも怒ったような表情をしています。

「怒ってる？」と聞かれると、「いいえ、怒ってません」と、か細い声でこたえ、黙々とお茶を飲み、お菓子など出された食べ物をするすると食べ、自分からは絶対に動かず、しかし、言われたことは丁寧に正確にこなします。そんな彼に、お客さんたちはときに説教しときに心配するような言葉を投げかけ、帰りには「また来てほしい」と言うのです。

「彼はもう少し試用期間かな。わからないことがあればメモもちゃんととって熱心なんだけど、たまに上の空のときもあるのよね」とナイチン。

「で、明日のことだけど、谷山さんから情報提供があって」

　谷山は今回の依頼者です。

「例の詐欺らしい男性の２人組を明日の午後に呼んだようなことを、彼女のお母様が電話で言ったらしいの。どうもね、10年で30万って言われたらしい。明日が訪問３回目だから現金を用意していると思われます。警察にも連絡しました。犯人が谷山さん宅をあとにしたところで捕まえてもらえるように」

　訪問ケア詐欺にひっかかってお金をとられた噂は多いのですが、３ヶ月ほど前を最後に被害届は１つも出ておらず、地元警察は現行犯逮捕に向けて様子を見ているところのようです。谷山の母親は、娘がナイチンらと通じていることを知りません。

「詐欺犯の一部が捕まれば抑止力になるでしょうからね」

根津が言って、食べ終えたみゆき特製のアイスクリームの器に向かってご馳走様というふうに手を合わせます。

「ナイチン組は、なんか、順調そうねえ」

ため息まじりにみゆきが言いました。彼女は四つの葉苑の清掃スタッフ、ケンは同苑の施設長である医師の臨時の手伝いとしてかかわっています。

「やはりね」と言ってみゆきは視線を落とします。

「能瀬道男さんの弔い合戦というのは、やり合うための口実という印象。清掃仲間が私にだんだんと話してくれるようになり、その情報によると、真のきっかけは失恋ではないかと」

リマと根津が目を丸くし、みゆきが続けます。

「恋は雷に打たれるようにはじまる、とも言うじゃない。能瀬さんもそうだったのかも。清掃スタッフを空気みたいな存在に感じている人が多いから、いろいろとねえ、目撃情報があってね。失恋したお相手は染野恭子さん。いつも真紅の口紅をつけている方。四つの葉苑の前にいた老建でも色恋沙汰を起こしたらしい人物。

能瀬さんが染野さんに、個室である自分の部屋に遊びにこないかと何度も誘っているところ、そしてなにかプレゼントらしきものを渡しているところ、彼がうしろから抱きついたら染野さんがしばらくそのままにしていたところ、などなど目撃情報があります」

　リマがみゆきの顔を見ながら確認します。

「つまり、魔性の女にいかれてしまったってこと？」

「はい。能瀬さんは堅物だったようですから、そういうことに免疫がなかったのかも。お相手はその後別の男性とべたべたするようになり、能瀬さんを避けるようになったみたいで」

「それも、清掃スタッフの方たちだから見えたということ？　ほかの入所者の方やスタッフの方は知らないことなの？」

「たぶん」

　リマの問いにケンがこたえます。

「抗争だって騒いでいる人たちの中に失恋の件に感づいている人がいたとしても、それは、喧嘩の口実にならないから無視するだろうね。子ども作戦が功を奏したか、と思ったのもつかのま、あんなことになってしまったし」

　四つの葉苑には同じ法人が運営する学童保育所が併設されており、これまでは季節ごとに1回だった両施設の交流会を週1回に増やしたのです。

　すると四つの葉苑内のピリピリムードが消え、入所者たちの笑顔が一気に増加。子どもたちにもっと気軽に遊びにきてもらおうと、正面玄関そばの多目的フロアを共用スペースとして開放することになりました。昔ながらのいろんな遊びをおしえてもらえると児童が頻繁に訪れるようになっていましたが、今度はその子どもたちをめぐり、あの手この手を使っての奪い合いがはじまりました。

さらにはおとといのこと、遊びに来ていた児童2人が鬼ごっこをはじめ、その1人とぶつかりそうになった入所者が転倒して病院へ運ばれる騒ぎが起きたのです。

「転倒した高齢者は兵頭さんっていう半纏組側の人らしくて、ぶつかったのは昴君っていう1年生の男の子。人懐っこい子で誰からもかわいがられてたみたい。で、兵頭さんがお茶を持って歩いてるところにその昴君と出会い頭にぶつかったと。ニット組の人たちが言うには、ぶつかったといってもふわっとかする程度だったという話もあって」とケン。

「そうなのよ、それね」と言ってみゆきが手のひらでテーブルをぱんと叩きます。

「転んだ兵頭さん自身も、自分が勝手に転んだだけだって昴君をかばってるみたいなの。そしたら、半纏組の人たちは、その前に同じ場所でニット組の前田さんがお茶をこぼしたのを見た、そのせいで滑ったんだって主張しはじめたのよね」

「幸い骨折にはいたらなかったようでよかったけれど、対立はますます深刻だね」

根津があきれたように、眉をひそめました。

翌日の午後――。

四つの葉地区の閑静な住宅街の路地にナイチン、リマが立ち、そこから少し離れておこムーミンが立ち、谷山の母の麻生節子宅をたずねるタイミングをはかっているところです。訪問ケア詐欺と思われる男性らが家の中にいる気配があります。

すると、玄関のドアが開き、２人の若い男が出てきました。

リマとナイチンは目配せをして玄関に歩み寄り、見送りに出た節子に声をかけます。

「こんにちは。バックスクラッチャーと申します。突然おたずねして申し訳ございません」

「バック？　なに？」

節子がにわかに怪訝な面持ちになって、リマたちの姿を見ながら言います。

「では、僕たちは、失礼します。お電話くださいね」

男らは笑顔でささやいて節子にお辞儀します。

「おふたりにちょっとお伺いしたいことがあるのですが」

ナイチンが男たちを呼び止めます。

「急いでおりますので」

「ちょっとお待ちください、お話を聞かせてください」

リマが言います。数m先の門へと急ごうとする男の１人の袖をつかんで。

「最近、訪問ケア詐欺が頻繁に起きていますね」

ナイチンが節子に言います。

それを耳にしながら節子は、自宅前の路地の角から2人の警察官があらわれたのを目にすると、咄嗟にうつむいて目をきょろきょろさせます。そして、すばやく男らを追いかけ、男のトートバッグにすっと手を入れて封筒を抜き取ると、玄関前に戻って、それをナイチンに渡しました。

2人の男は警察官に気づき、足早に、かといって走りはせずつくり笑顔を浮かべてその場をあとにします。

警察官が門の中に入ってくると、節子はナイチンを指さして訴えました。

「おまわりさん！　この人たち、訪問ケアの詐欺です！　私からお金を巻き上げたの。ほら、私の30万を手に持ってるでしょ。早く捕まえて！」

その夕方。ナイチンとリマが四つの葉地区を管轄する警察署の正面玄関から出てきます。

「どうせなら、ドラマみたいに、署までご同行願います、って言ってほしかったな」

リマが両拳で天を突くような伸びをしながら言い、ナイチンも同じ動作をします。

すると、2人に遅れて谷山が母親の節子とともに署から出てきます。

そして谷山のみが足を速めて2人に追いつき、頭を下げると声をひそめて、

「母は、勝手に手をまわしていた私への怒りでいっぱいなんです。それでおふたりにも、いまもって失礼な態度をとっており、ほんとうに申し訳ありません」と伝えます。

娘に追いついた節子がナイチンらに顔をそむけたまま過ぎていき、谷山は恐縮した様子で母親の肩を抱いて駐車場へと向かいます。

ナイチンは2人のうしろ姿に目をやりながら、署内で警察官に言われたことを思い出します。

〈麻生さんは、あなたたちに水を差された、と言っていましたよ。よかれと思って動いても、感じ方はさまざま。嫌がられることもあります。警察はそれに慣れっこですし、ずっとここにいます。でも、あなたたちは、長居せずに引き上げるのでしょうからねえ〉

「あれ？　どうした？　いま、トーンダウンして肩を落としている、みたいなオーラがめずらしく漂っていたような」

リマがナイチンの顔をのぞき込みます。

「気のせいよ」

「そう。あーあ、お腹すいたなあ。ケンたち、まだかなあ」

根津とケンがナイチン号で2人を迎えにくることになっています。

「あの」

背後で小さな声がしてナイチンとリマが振り向くと、おこムーミンが立っていました。

「どうしたの？　びっくりしたあ」

「節子さんちの前でいつの間にかいなくなったから、どうしたんだろうと思ってたのよ」

リマ、ナイチンが順に言います。

「すみませんでした」とおこムーミン。

「えーと、ナイチンさんに折り入ってご相談があって、2人で、食事でもしながら、お願いします」

「いいわよ」と返すとナイチンはリマとアイコンタクトをとって彼のあとを歩きはじめます。


15分後――。

ナイチンはおこムーミンが運転するセダンの後部座席に乗って街まで戻ってきました。

車が止まったのは、雑草が目立つ広い庭のある4LDKの一軒家でした。

「両親は母の田舎に引っ越して、ここは僕のものになっているんです。あ、先に言っておきますが、庭と一緒で家の中もかなり散らかっておりますので。恐縮です」

彼はこれまでとは別人のようにはっきりとした発声の堂々とした口調で話します。

おこムーミンの家の中は、ご飯が炊けるにおいとキャベツを炒めているようなにおいと湿った空気が充満していました。静かなものの、何人も人がいる気配をナイチンは感じます。

ナイチンは、ソファが所狭しと置かれている四畳半ほどの部屋に通されます。

ほどなくドアをノックする音がして、若い男性がお盆にお茶をのせて入ってきます。

「あら」とナイチン。思わず声が出ました。今日の午後に、節子の家から出てきた2人のうちの1人だったからです。

男はお茶を置き、苦笑してぺこりと頭を下げると出て行きます。

ナイチンが意味を問う表情でおこムーミンを見ます。

「そうです。今日の午後のときの者です」

「仲間ですか」

「一味といったほうが適当ですね。彼は僕が企画・運営している訪問ケアグループの1人です。〝路頭に迷う〟の意味をネットで確認したら、〝生活の道をなくし、住む家もなく、ひどく困る〟とありました。まさにそんな人間たちが、いま、ここに身を寄せています。僕をのぞいて8人かな。あとは、近くから通ってくるやつらも何人かいます」

「そうか、だからか。だからなのね」と言ってナイチンは納得したようにうなずいて、

「このところ近辺で起こってる訪問ケア詐欺は、みんな、おこ、あっ、ついおこっていう呼び方が慣れてしまってごめんなさい」

「いいですよ。気に入ってるんです、そのあだ名」

「じゃあ、おこで。名乗り方や服装は違うけど、みんな手口が同じだから、案外少ない人数で変装してやっているのではと考えていたのよ。全部、おこのアイデアなのね」

「それはちょっと違います。アイデアは僕のオリジナルではないし、詐欺だなんて、僕にそこまでの度胸はないですよ」

そう言っておこムーミンは複雑な笑みを浮かべると、種明かしをはじめました。

「でも、勘違いされても仕方ないですね。この地域で何件か起こった詐欺を参考にしたんですよ。そんなに簡単にお金が手に入るならって。アイデアだけもらって、まずはわーっとお金をとって、共同生活をはじめようと計画してたんです。そのまま逃げれば詐欺だけど、ちゃんと訪問してケアしていくつもりだったんですよ。

もちろん、高齢化が進むこの街をどうにかしたいって気持ちも少しはありますし。でも、集金したあとのノウハウが僕らにはありませんでした。そこにあなたたちが来たものだから、偵察させてもらってたんです」

ナイチンは思わずクスリと笑ってしまいます。

「どうすれば事業として継続させられるかは、私たちだってまだ考えてるところだけどね。ある程度、めどはついたけど」

「どんなアイデアですか？」おこムーミンが食い気味に聞いてきましたが、ナイチンは「そんなこと、ライバルに言うわけないじゃないの」とかわしました。

すると、おこムーミンはナイチンに顔を近づけ声をひそめて、

「話がわからない人ではないとナイチンさんを見込んで言います。うちにいる連中を全員、ナイチンさんがつくったバックスクラッチャーで雇ってほしいんですよ。やつらは、要領が悪かったり運が悪かったりして路頭に迷った口ですから、誠実な人間ばかりです。まあ、僕はうまくいかなかったら、バックレようと思っていましたけどね」

と言ってニヤリとします。

「そうねえ。じゃあ、さっそくだけど、今日家にいるメンバーを私に紹介してくれるかな？」

結局、この日のおこムーミン邸の夕食はナイチンとそれぞれのメンバーとの面談も兼ねることに。食卓に並んだおかずは質素なものでしたが、それを補ってあまりあるほどの身の上話をナイチンは聞き取ることになりました。

翌日の午後3時半過ぎ。

いつもの四つの葉苑であれば、入所者らはレクリエーション後のおやつを食べ終えて、施設内の各所で思い思いにくつろいでいるひとときです。

しかし目下、正面玄関のそばに位置する多目的フロアで騒ぎが起きており、苑内に緊迫ムードが漂っています。

多目的フロアでは、中央にドーナツ状の人の輪ができています。入所者やスタッフたちです。

人の輪の内側では、2人の男性が向かい合って立ち、にらみ合っています。互いの距離は2mほど。1人は半纏組の頭、猪狩秀一。対するのはニット組のリーダーの前田信彦。この2人、年は3つ離れていますが、戦前の幼少期からの腐れ縁です。

「謝ってもらおうかあ」と大声を出す猪狩。

「謝るのはそっちでしょうが」と前田。

それぞれの背後に立つ両グループのメンバーらも、相手方をにらみます。

人の輪の中には、ナイチン、リマ、ケン、みゆきの姿があります。

今朝、みゆきがナイチンに〈利用者間のピリピリムード急激アップ。今日はなにか起きるかも〉とメールし、午後のレクリエーションの時間からナイチンとリマは見学者としてここに入っていました。ナイチンら4人は身体を近づけて、ひそひそ話をします。

「にらみ合ってるあの2人、さっきさ〈決闘だ〉って声を荒らげたらしいのよ」

みゆきが3人に言います。

「西部劇みたいだな」と言ってケンがクスリと笑うと、みゆきが眉をひそめてケンの袖を引っ張ります。

「気をつけて。笑ったりしたら2人を刺激してしまうかも。清掃仲間が昨日、猪狩さんがピストルらしきものを持ってた気がするって言うのよ。猪狩さんの個室部屋のドアが少し開いてて見えたって」

「すぐに確認したほうがよかったんじゃない?」

リマがみゆきに言いました。

「いや、一瞬だったから違うものかもしれないし、変に疑ったら怒り出すんじゃないかって」

午後2時からの四つの葉苑のレクリエーションは、風船バレーでした。車座に並べた椅子に入所者たちが座り、大きな風船が飛んできたら手ではじき返す遊びです。

見た目の印象よりも運動になるレクリエーションが終わり、3時のおやつとして配られた和菓子を、大テーブルでみなが食しているとき、いま起きているにらみ合いのきっかけが起きました。

おやつ時になってあらわれた染野恭子が、そばにいた男性にしなだれかかり言いました。

「あらやだ、あたしのおやつがなーい。せっかく楽しみにして来たのにい」

彼女にしなだれかかられた男性はすっと立ち上がり、少し離れたところで車椅子に座って居眠りをしている竹山という男性の前に置かれているお菓子を持ってきて染野に渡したのです。

「これ、食べれば。どうせ寝ちゃってて食べないんだから」

「わあ、感謝、だーいすき」

染野に両手で包むようにして手を握られた男性は、嬉しそうに目を伏せました。「そんなに感謝しなくてもいいよ」と言いながら。この男性はニット組のメンバーです。

一部始終を見ていた半纏組の猪狩は、この男性のそばに行き、小さくない声で言いました。

「女のために泥棒して鼻の下を伸ばしてるようじゃ、どうしようもないな」

猪狩は、居眠り中の93歳の竹山と同室で、なにかと気にかけて彼の世話をしています。

「なんだと、聞き捨てならないな」

ニット組のリーダーの前田信彦が低い声で言って、

「人を泥棒呼ばわりするんじゃない。なあ、泥棒なんかしてないよな？」

染野に菓子を渡した男性がうなずきます。

「ほら、泥棒呼ばわりをしたことを謝ってくれ」

前田が猪狩のそばに行き、耳元で聞こえるように大声で言いました。

「ふざけんな。菓子を盗ったのを、竹山さんに謝れってんだ！」

猪狩は、前田に声を聞かされた耳元のあたりを、蚊でも払うような仕草をしたあと、前田ににじり寄って言いました。

そして、２人はしばしにらみ合いになり、いまにいたります。

にらみ合う２人それぞれに、背後から四つの葉苑のスタッフがそっと車椅子を押してきて、猪狩と前田に車椅子に座るようにうながします。２人は「ありがとう」というふうにスタッフに片手をあげて見せ、車椅子に座り車輪にストッパーをしっかりかけると、ふたたびにらみ合います。

「転んで入院中の兵頭さん、まだ退院できないんだってよ」

「それはお気の毒なことで。兵頭さんも、変な輩とつるんでるといいことないなあ」

猪狩の言葉にニット組の前田が返します。兵頭は半纏組のメンバーです。

耳の遠い猪狩は、そばに立つ仲間に前田がいま言ったことをおしえてもらい、むっとした表情で「はあ？」と声をあげ、続けます。

「あれね、遊びに来てた小学生がぶつかったからじゃなくて、あんたがお茶をわざとこぼしてたって話があるんだ、うちの兵頭さんを転ばすためにね」

「そんなことはやってない」

　そう言いながら前田は否定する仕草をすると、ストッパーを外して車椅子を少し前に進めます。

　それを受けて猪狩は両眉をあげ、振り向いて仲間に「ほんとかな」と言うと向きなおり、

「罪を着せられた1年生の誰ちゃんだったか、そうだ、昴君、あの子もかわいそうだ。自分のせいで老人を怪我させたんだって、一生十字架を背負って生きていかねばならない」

「そりゃかわいそうだが、私はとにかく兵頭さんを転ばせようなんて思っていない！　道男さんのことだって、そっちがいろいろいじめたんだろ。なんでもこっちのせいにして」

　前田が声を張って言いました。

　しかしそれも猪狩は聞き取れなかった様子で、そばの男の耳打ちを聞いてから、

「それはこっちのセリフだ。いくら道男さんが憎まれっ子でも、こっちはお前らみたいに悪口なんて言わなかったからな」

　2人はふたたびにらみ合います。

すると、猪狩が半纏のポケットからなにかを取り出します。

「あっ、ピストル！」

若い女性スタッフが声をあげ、みんなあとずさります。すぐさま遠くへと逃げる人や、自分の車椅子を押してもらうスタッフをあわてて手招きする人もいます。にらみ合う２人を中心とした円の半径も、さっきより３ｍほど広がりました。

「ああ、そうだな、危ないからみんな離れてもらったほうがいいな」

猪狩が言って、銃口を前田に向けます。

すると、鼻をふんと鳴らしたあと前田は、カーディガンをたくしあげ、ズボンのポケットから同じような物を取り出し、銃口を猪狩に向けてニヤリとします。

２人が構えたのは、鳥を驚かす音追いピストルでした。それに気づいたナイチンとリマ、ケンは円の最前列に立ち、気づいていないみゆきはそのうしろでしゃがみ込んでいました。それからケンは前田と猪狩を刺激しないよう、ひそひそ声で「弾は出ません。大きな音が鳴るだけだから、離れてれば大丈夫ですよ。落ち着いて」と入所者やスタッフに呼びかけてまわります。

ギャラリーたちの混乱がおさまったかに思われた、そのときでした。

「あっ、昴君が」

学童から来ていた昴がするりとあらわれ、中心に向かって弾むように駆け寄っていったのです。身軽な彼は、肩を抱こうとするスタッフの手もすり抜け、「前田のおじいちゃん！それ、やらせて」と言いながら、猪狩の背後から2人にさらに近づきます。

前田は猪狩の向こうから近づく昴に気づき、「だ、だめだ、危ない！」とあわてて止めようとしましたが、それから一拍遅れてバンッ、という大きな音が鳴り響きます。

突然の大きな音に昴はその場にしゃがみ込み、呆然とします。火薬の音を響かせた猪狩は、それを見てようやく状況を把握しました。彼は昴の存在に気づいていなかったのです。

たちこめていた火薬の匂いが消え、昴への謝罪の言葉を出し尽くし、昴に笑顔が戻ってからも、猪狩はひどく落ち込んだままでした。半纏組の仲間たちも声をかけられないほどでしたが、真っ先に声をかけたのは、さっきまでにらみ合っていた前田でした。

「あんたひとりが悪いんじゃない。私も大人気なかった。それにあんた、耳の聞こえが悪いんだろう。わざとじゃないことは昴君もわかってくれてるさ」

その様子を見届けたナイチンは「間に合わなかったけど、説得の手間は省けたかもね」とつぶやきました。かたわらには、いつの間にか白いブラウスを着た女性が立っています。去っていったギャラリーと入れ替わりでやってきた彼女は、ナイチンが手配した言語聴覚士。ちょうどこの日、はじめて施設を訪れることになっていたのです。

2週間後――――。

快晴の午後、四つの葉地区の民家の門前に、四つの葉苑のスタッフ、猪狩、昴、それから言語聴覚士の女性の4人が立っています。インターホンを押したばかりで、住人が出てくるのを待っているところです。4人が乗ってきたワゴン車がそばに停車しており、その運転席には、おこムーミンの仲間で、谷山未華子の母親宅を訪問していた男がいます。

玄関ドアがあき、中から白髪の男性が出てきます。

「こんにちは！　〝補聴器でつながろうキャンペーン〟でみなさんのお家をたずねています！」

昴が子どもの高い声で言うと、白髪の男性は両眉をあげて「は？」と言いながら聞き返す仕草をします。

その様子を受けて昴と猪狩は顔を見合わせ、小さくうなずいた猪狩が男性に歩み寄ります。

「私、猪狩と申します。はじめまして」

言葉を切ってゆっくりはっきりと発音しようとしている話し方です。耳には、補聴器をつけています。

猪狩をはじめ、四つの葉苑の入所者のうち、必要な人たちが補聴器を使用するようになれば、大幅に入所者間の緊張緩和がはかれると考えたナイチンは、早い段階で彼らへの補聴器提供の手筈をつけていました。残念なことに、音追いピストル事件には間に合いませんでしたが、その策は、大いに功を奏します。

補聴器のよさを四つの葉苑のみなが実感しはじめた頃、ナイチンは、昴ら子どもたちとともに、地区の高齢者を訪問して難聴者を見つけて補聴器装着をすすめる活動をはじめたのでした。高齢者の難聴は、子どもの声などの高音が聞こえづらい場合が多く、訪問してまずは子どもが声をかけ、聞こえづらそうなら、補聴器体験者の猪狩らが聴力測定と補聴器装着をすすめるという方法を提案しました。

猪狩ら入所者も昴ら子ども（と、その親）たちも大乗り気でさっそく開始し、地区の高齢者たちが順次補聴器の試用をはじめています。わずかながら収入を得られるという点も猪狩らを喜ばせました。この事業はバックスクラッチャーの中心業務にすえられました。

地域包括支援センターに勤める谷山とともにその仕切りを任されたのは、おこムーミンです。彼は、詐欺まがいの手口で受け取っていたお金はまったく使わずに保管しており、補聴器事業をはじめる前に全額返金していました。いまではその仲間たちも全員がバックスクラッチャーのメンバーとして迎え入れられました。

　チーム・ナイチン抜きでのバックスクラッチャーの事業が本格的に動きはじめたその頃、橘高診療所のスタッフルームにはメンバーが集まっていました。めずらしくみゆきの姿があり、小野はいません。彼女は、祖父母の問題に集中するため、しばらく休みをとっているのです。

　ナイチンが将棋盤に巻いていた包帯を外し終えたタイミングを見計らって、みゆきが話します。

「あの、確認したかったの。解決策として、難聴に目をつけた理由はなんだったの？」

　誰ともなく全員が椿の庭が見える窓のほうへ移動し、庭を見ながら会話がはじまります。キバナコスモスの花がまだ1輪だけ咲いています。

「それはね」とリマ。

「1つは難聴が〝社会的な孤立につながる〟から。聞こえにくいと会話が難しくなり、周囲とのかかわりが減りやすい。で、社会的に孤立した場合、コミュニケーションによる刺激がなく、精神的なストレスが生じる。

もう１つは難聴によって〝認知的な負荷が高まる〟から。私たちは、たとえ話し声の一部を聞き取れなくても、自動的に補って理解することができる。〈こんにちは〉の〈ん〉が聞こえなくても、〈ん〉に違いないと脳が判断して補ってくれる。聴力が低下すると、たびたびその働きをしなければならなくなり、他の働きをする余裕がなくなるの」

「それが半纏組とニット組の溝を深めてたってわけか」

「そうね。ちなみにこの２つは、難聴で認知症のリスクが高まるおもな理由でもあるんだけどね」

ナイチンがうなずいて「ボルドーのね」と言います。

リマとケンが「ボルドー？」と同時につぶやき２人とも合点した表情になります。将棋盤に包帯を巻きながら彼女がつぶやいていたのを思い出したのです。

「ボルドー大学のエレン・アミーバ教授が、65歳以上の３６７０人を対象に25年間調査研究を行った結果、補聴器を装用することで、難聴に起因する認知機能低下のリスクが減少すると明らかになったことなどを発表しているの」

根津が「25年もの調査」とつぶやき感心したように目を細めます。ナイチンが続けます。

「ただ、補聴器の使用が認知症を予防するかどうかはまだ結論が出ていないの。難聴の人が認知症になりやすいことがわかっても、だからと言って、それがイコール補聴器によって難聴を解消すれば認知症のリスクがなくなる、という解釈はできないわけで」

「そういえばさ」とケン。

「前田さんたちはどうして音追いピストルなんて物騒なものを持ち込んでたの？」

その疑問に、待ってましたとばかりにリマがこたえます。

「それがあきれた話でね。もともと、引き金を引くと旗が出てくるおもちゃの銃を前田さんが持ってて、昴君に見せたら大喜びしたんだって。あの日、昴君が駆け寄ってきたのは、そのおもちゃだと勘違いしたかららしいの」

「でも、あの日前田さんが持ってたのは、昴君ご所望のおもちゃの銃ではなかった、と」

「そう。おもちゃの銃で喜んでもらえたことに気をよくした前田さんは、家族に無理を言って音追いピストルを持ってきてもらったらしいの。昴君をさらに喜ばせたい一心でね」

「じゃあ、猪狩さんも持ってたのはなぜ？」

「前田さんへのライバル心ね。旗が出るピストルで昴君が喜んでるところを目撃して、こっちも家族に持って来させたそうよ。だいたいあの2人、幼馴染みだったらしく、昔よく音追いピストルで遊んでたんだって」

「え、そうなの？　めんどくさいねえ、大人ってやつは」

「まあ、2人揃って施設長から相当絞られたみたいよ。昔を思い出したって笑ってた。それと、昴君やご両親も許してくれたようで、安心したわ。だからこそバックスクラッチャーの活動も一緒にできてるし、交流会も継続できてるんだけど。昴君のおうちは核家族でおじいちゃんやおばあちゃんとは滅多に会えないから、学童で交流できるのが楽しみなんだって。引っ込み思案な子らしいけど、前田さんや猪狩さんにやさしくしてもらううちに学校でも友達が増えたみたいよ」

「なるほど。疑問は聞いてみるもんだね。1聞いただけなのに5ぐらい返ってきて、予想以上にすっきりだよ」

「なんだろう、私もすっきりしたわ。ところでさ……例の講演会の録音データ、ナイチンに言われた通りにゾンデに送っておいたけど、ほんとうにいいの？　なんだかすっきりしないんだけど」

「まあ、この前いろいろやってくれたみたいだしね。こちらからも少しはお礼が必要かなと思って。欲しがってたんでしょ？　ちょっと時間が経っちゃったけど」

　そこへ「あの〜、そろそろいいかな」とみゆきがふわふわとした声で割って入りました。

　ナイチンとリマの肩に手をのせて、

「駒をね、これから心をこめてぐちゃぐちゃにさせていただきますから」

と宣言します。先ほど根津から「スカッとするよ」とすすめられたみゆきは、背筋を伸ばして一歩一歩将棋盤に近づきます。そして、競技かるたの試合のように手を動かして将棋の駒を部屋のほうぼうに散乱させました。

「あ〜、あと少しで根津さんにはじめて勝てたのに！」

ケンの声がむなしく響き、不利だったはずの根津はニヤリと笑ってとぼけます。

「そうだっけ。ごめんねえ、駒の位置を忘れちゃったよ。ははは。ま、慎重なのもいいけど、将棋でもなんでもあまりに王手をもったいぶると、せっかくのチャンスを逃しちゃうよ」

根津の説教じみた言い訳にケンの顔は赤みを帯びましたが、それはむっとした反応とはちょっと違う、ほんのりとした赤さでした。

第4話
パンダがつなぐ
信頼区間

「ほほう、看護職廃止案ねえ。実にけしからん。まさか彼女が、そんなものを考えていたとはねえ」

「ええ、進藤さんから先日いただいたナイチンさんがらみの大量の資料に、いろんな論文に紛れてこれも入っていたんです」

「進藤君もなかなかいいものを送ってくれたじゃないですか。これで風向きが変わるかもしれないねえ。とりあえず１００部ぐらい刷って、医療機関に送りつけてはどうかね」

「はい、インターネットに公開するのはどうでしょうか」

「それもいいけど、君、焦ることはありませんよ。まずはそうですねえ、〝全国病院注目度ランキング〟だったか、あれの上位80位ぐらいまでと、あとは県内の主要どころに送ってみてはどうでしょうね」

「では、そうします」

「ふふふ、あちらが気づかないうちに蝕んでいこうじゃないですか、彼女の庭を。チーム・ナイチンへの依頼が減ればこっちのもんですよ」

月末の土曜日――――。
天地市の三能地区に位置するセイダイ（世界医科大学病院）。

午前10時を少しまわった院長室の窓際で、熟年世代の3人が立ち話をしています。

ロマンスグレーで紳士然とした白衣姿の院長。小柄で額のしわが目立つ背広姿の事務長。日に焼けた肌が際立つ白衣姿の女性は、看護部長です。

窓のブラインドの調節棒をつまんで、光を入れたり遮断したりしている院長に、背後から事務長の梶原善治が声をかけます。落ち着かない様子です。

「実にまずい事態です。信頼度の高いネット上の〝全国病院注目度ランキング〟で、当院が1位になってしまったんですよ！　1位に！」

「悪い意味での注目度なの？」と院長。のんびりした口調です。

「いえ、そのサイト内で検索可能な１６００病院の中で最も閲覧数と閲覧時間が多かった順位です。まあ、総合人気ランキングに近いかもしれません。毎月、月末の土曜の朝に更新されるのですが、今朝、更新されまして」

「うちが1番のわけ、ないよね」

「ええ。うちはいつも１００位前後をうろうろ。その辺がちょうどいいんです。

サイトの運営会社が１００位だったうちを操作ミスで1位に入れてしまい、2位以下は正しい順位で掲載されているようです。

サイトの運営会社に確認したところ、電話対応した人に〈見直せばすぐに、セイダイ病院さんが1位なのはおかしいとわかるのに、申し訳ありません〉って、なんか、謝りながら失礼な言い方されましたけどね。担当者不在で月曜までそれを直せないということなんですよ」

「担当者は、朝まで徹夜でやって、それで帰ったのかもね。労務管理できてるのかな、その会社。まあ、長い休暇で1週間は直せません、というよりよかったじゃないですか」

「いやいや、インターネットに土日の休みはありませんからね。2日間訂正されないだけでも、影響は大きいと思うんですよ。ネットは怖いですから」

梶原はそう言って看護部長の大池百合子と目を合わせてため息をつくと、院長の危機感を少しでも高めるべく、かたわらのホワイトボードを使って説明をはじめます。

「こちらに懸念される点を書き出しました。まず1つ目。1位だと知った人たちが月曜以降に外来に殺到する可能性。初診で紹介状がなくても特別料金を払えば受診できますからね。殺到への備えはまったくできていません。

2つ目。マスコミに注目されて粗探しをされる可能性。どこだってそうでしょうが、叩けば出る埃が当院にもいろいろあります」

院長と大池が深くうなずきます。

「3つ目。これを機に常連のクレーマーが以前のクレームを再燃させるか、新しいクレームをつけてくる可能性。そして、なんといっても喫緊の課題は、４つ目のこちらです。西棟４０３号室に入院中の木暮きい子さん。がんの化学療法中。医療、というか当院かな？に対して不満があり、それを含めていろいろと書いているＳＮＳはすごい人気で目下、何万という人が見ているようなんです。ですよね、大池看護部長」

「はい。治療への愚痴や自虐的なものがメインで、病院名はイニシャル表記とはいえ、少し調べればすぐにうちのことだとわかる内容です。ＳＮＳをやっていることを遠回しに明かされた看護師もいて、腫物にさわるような接し方になっていたところに、今回のランキングの件があって」

「で、いち早くその情報をキャッチした彼女が、ここがランキング１位なんてあり得ないと投稿したんです。この影響はランキングサイトどころじゃないかもしれません」

「これじゃほんとうに注目度ランキング１位になってるようなものですよ。彼女は開き直って世間から注目を集めているこのタイミングに、うちのことをどんどん世間に暴露してやると言い出しているようでして……」

「はあ……。あることないこと書かれそうだねえ。これはまずいでしょ」

院長が大池の顔を見て言いました。看護のほうでちゃんと解決してもらわないと困るよ、とでも言いたげな表情で。

「うちの看護師たちは、それはもうよくやってくれていますよ」

そこまで言うと大池は一旦口をつぐんで小さなため息をはさむと、まくしたてます。

「看護師たちの話だと、どうも主治医の野口秀朗先生に対しての不満が募っているようなんですよ。悪い先生ではないんですが、コミュニケーション能力に難がありまして……。私も初対面で〈少し走ったほうがいいんじゃないですか〉って言われましたし。まあ、それがきっかけでランニングをはじめられて、感謝はしているんですけど、患者さんにまで同じ接し方をしちゃうのはちょっとねえ。相手を分け隔てないのは彼のいいところでもあるんでしょうけど」

梶原は小さく足踏みをして、院長と看護部長を交互に見やります。

「ともかく、木暮さんになんとか野口先生のことを書くのを思いとどまってもらわないとですよね。管理者会議は急に招集できないので、いまわれわれで対応を決めなければいけないわけです。なにかスピーディな策はないですか」

うーん、と言って首をかしげる院長。

すると大池がすっくと立ち上がり、チーム・ナイチンへの依頼を提案します。臨時採用の形で木暮きい子の対応をしてもらうのはどうか、と。

梶原と院長は腕組みをして「う～ん」と言ったきり、口を開きません。

「知り合いからの評判を聞く限り、彼女の腕はたしかです。それに……うまくいったなら」

と大池。

「依頼したこちらの判断力が評価され、だめならチーム・ナイチンの実力のなさです。責任は私がとらせていただきますので、いかがでしょう」

今や世間でも噂になっているナイチンや彼女のチームに実際にはどれだけの力量があるのか、大池は同じ看護師として多少のリスクをおかしてでも見てみたいのです。

院長も梶原も、この大池の提案を上回る解決策は思いつけないようで、これ以上はもったいぶる時間も惜しいと考えたのでしょう。数分も経たないうちに大池にゴーサインを出し、ナイチンたちに依頼することが決まりました。


セイダイから直線距離にして50㎞、車で1時間半ほどの場所にある橘高診療所の庭では、椿によって丹念に手入れされている芙蓉《ふよう》の花が穏やかな午後の陽射しを受けています。

スタッフルームで、包帯済みの掃除機を、椿、根津、ケン、リマが囲んでいます。今日はもう1人、久しぶりに顔を出した休暇中の小野も輪の中に加わっています。

「この掃除機のホース、シーネ代わりの添え木を使って巻いてるんですね」

小野が感心したように言います。シーネとは、患部を固定するために使う金属や紙、ウレタンなどでできた医療用具のこと。

「これ、処分する予定だったものなの。すごく古いでしょ。今回の依頼を急遽受けたから、彼女がささっと巻いてから出かけるのにちょうどいいと思って、物置から出してきたんです」と椿。

「そういう気遣い、お母さんみたいですね。おふたりは完全なる師弟関係かと思っていましたが」

　小野が微笑んで言うと、椿はすました表情のまま包帯巻きのできあがりを見ながら、

「このくらいのことしかやってあげられないですから。あっ、帰ってきてほどくまで埃がかからないようにしておいてあげなきゃ」

「え？　巻いた包帯をほどくのもナイチンさんなんですか？」

「知らなかったの？」とリマ。小野は目を丸くして言います。

「だって、そういうこと、ナイチンさん、言ってくれないから。あ、じゃあ、ほどくときはなにを口ずさむんですか？　おしえてくださいよ！」

「はあ？　あなたにいちいち説明する必要はないし、見てればわかってくるでしょ。まあ、自分のことをあまり語らないタイプだから、わかりにくくはあるんだけど。

　彼女からのさっきのメールにだって、急いで出かけたのは、ランキング云々が統計マニ

アにはたまらないわって書いてあったけど、化学療法中の女性が一刻でも早く療養に専念できるようにサポートしたいからのような気がする。そんなこと、ひと言も書いてなかったけど」

そこまで言うとリマは、一拍おいて、「私の勝手な想像だけどね」と付け加えます。ほどなくして、「は〜、ナイチンさんにも会いたかったなあ」と残念がる小野に見送られ、リマたちもナイチンを追って現地へと出発しました。

その頃、ナイチンはすでにセイダイの西棟４０３号室にいました。個室病室です。事務長の梶原らが問題にしていた患者、木暮きい子のベッドサイドの丸椅子に座っています。いまから40分ほど前にセイダイに着いたナイチンは、院長、梶原、大池の３人に挨拶をしたあと、梶原と大池に案内してもらいながら、いくつか梶原に質問しました。

「セイダイの自慢できる点と、そして、あまり知られたくない点をおしえてください」

「えっ、知られたくないこともですか？」

「他言はしない、私が含んでおくだけです」とナイチンがねばると、梶原はしぶしぶ話し出し、「警備会社にも増員の連絡をする予定だ」とさらりと言いました。

するとナイチンは聞き捨てならないとばかりに立ち止まり、「それは出入口に立つ警備員を増やすということですか？」とたずねます。

「はい。外部からの侵入を防ぐことが第一ですから。出入口だけじゃだめでしょうかね」

「増員はしないほうがいいです。注目度ランキングが１位になった途端に警備強化すると、余程注目されたくないなにかがあるということをあらわしているようなものです」

「でも、なにか起こったときに、対策をしなかった責任問題に……」

「マスコミだけではなく、地域の人たちすべてに対して臨戦態勢をとっているような印象をもたらす恐れもあります。それに普段の警備が手薄であるようにもとれます。ですから、警備の形としてはいままで通りがいいのです」

「いや、でも」

結局ナイチンは梶原を説き伏せ、大池にはセイダイの看護体制や木暮が入院している４階病棟の状況、木暮の主治医・野口医師の評価などについてたずねました。

そして移動中のリマたちに連絡メールを送ったあと、西棟４階病棟のナースたちに会って木暮の状況を聞き、電子カルテに目を通し、５分ほど前に４０３号室のドアをノックしたのでした。


〈どうして？〉

木暮きい子は天井を見つめながら心の中でつぶやきます。

〈どうしてこの人は、私が怒りを爆発させた出来事を、ここに来てものの5分で見抜いた行動ができたのだろう。何者？　さっき看護師だと言ったけど、変わった白衣を着ているし。

卵巣がん。Ⅰ期からⅣ期に分けられるステージのⅢ期。がんが腹膜やリンパ節まで広がっている状態。1回目の手術でがん組織のタイプが見極められ、いまはがんを取る手術に向けて抗がん剤療法を受けている。そういえばSNSに〝抗がん剤がんがん〟って見出しにつけたらウケたっけ。最近は副作用を抑える薬があって、苦しむとは限らないと言われている。けれど私は苦しんでいるほうの人。通院で抗がん剤の点滴療法を受けるケースも増えている。けれど私は入院で受けるほうの人。独身の1人暮らしで周囲のサポートが期待できないためだ。それもこれも承知している雰囲気が、目の前のこの人には漂っている。

研究に私の症例を使うという病院側の都合により、個室代を無料にしてもらっている。この人、それは知らないかもしれない。

私の職業は派遣社員。コロナ禍突入による雇い止めなどいくつかの不運が重なり貧困状態にある。低所得者に合わせた医療費制度があるとはいえ、入院・治療にはなにかとお金がかかる。節約に節約を重ねて、この5年で貯めた虎の子は、今回の治療で一瞬にしてなくなり、退院後の生活費はまだ算段ができていない。

SNSのフォロワーが多いのは、貧困を自虐的に書いているからだろう。怠けず、ズルもせず生きてきたのに、私は病院のベッド上で、カードローンの引き落としの前に無事入金があるだろうか、とはらはらしている。SNSに書いたからって、いまのところお金が増えるわけでも、心細さが消えるわけでもなく、自分が情けなくてたまらない。

そして副作用がつらい。抗がん剤の副作用は『拷問だ』とか『船酔いの何百倍もの気持ち悪さだ』という経験者の談話をテレビで見たことがあったけれど、それはオーバーなたとえではなかった。それでも、途中で治療を投げ出すのはもったいないと思ってなんとか耐えてきた。

しかしいまは、もう、いいです、という気分。47・1%。卵巣がんステージⅢの人の5年生存率だ。無理して治療をやり続けても5割以上が5年以上生きられない。それならそのお金で、好きなものを贅沢に食べたり、気持ちのいいエステやマッサージを受けたりして、それから自ら死んでしまったほうが楽かも。

野口のやつ、絶対に許さない。ほんとうはいま般若のような怒りの表情をしたい。でも、できない。ひどい口内炎があって、舌と、舌が触れる部分を一度密着させると、それを離すときにものすごく痛いから、唇は閉じても上下の歯は合わせずに浮かせたままでいる。たぶんしぼみかけた風船に目鼻を描いたような間抜け顔になっている。

こんな無様なアラフォーの私が、この人にはどんなふうに見えているんだろう。表情をよく見てみたいけど、目を合わせてしまったら上手に懐柔されてしまう気がする〉

「お声出すの、大変だと思いますし、そのためのエネルギー消耗も、いまの木暮さんにとっては大きな損失ですから」

頑なな様子で天井を見つめ続ける木暮にナイチンは静かに声をかけます。

「私の言葉に対して、わずかに首を縦に振る、横に振る、などで受け応えしていただけますか？」

木暮は微動だにしません。

「さきほどは、きちんと挨拶もしないまま動いたり質問したり失礼いたしました。こちらを、すぐに整えてさしあげたいと思ったものですから」

と言うとナイチンは、木暮のベッドの足元に位置するオーバーテーブル上に目をやります。そこには、手のひらサイズのパンダのぬいぐるみが12体ずらりと並んでいます。

ついさっき、ナイチンが病室に入ってきたときには、これらのパンダたちは少々乱雑に置かれ、うち一体は仲間からはぐれていました。それでも、これらのぬいぐるみは木暮にとって思い入れのあるものだろうとナイチンは察しました。定食をのせるトレイ4枚分ほどの広さのオーバーテーブルは、食事や書き物、化粧などに使う生活スペースで、ときに薬剤や医療器材なども置かれます。そんな貴重なエリアにかなりの幅をとって並べられていたからです。

また、看護記録によると木暮のところへの来院者は０名だったため、パンダは彼女が持ち込んだものと考えられ、パジャマやスリッパや湯飲みなど身の回りのものはすべて質素で地味めであったことから、ファンシーなものを飾りたいというよりもなにかしら彼女にとって意味を持つものではないかと推測したのです。

しかしその割にパンダたちは無造作に並べられていたため、なにかの拍子に散乱してしまったのをあわてて並べたのではないかとも考えました。

担当看護師は、ナイチンにこう語っていました。

「野口先生曰く、経過説明をしていたら木暮さんがいきなりキレて吸い飲みを投げつけた、と。私が木暮さんに、なにがあったのですか？　と聞いたら、〈もう我慢できない、ＳＮＳで野口のひどさを世間に暴露する〉とだけ書いてよこして」

午前中に彼女をたずねた主治医の野口が、パンダを散乱させてしまい、それを無造作に並べたのではないだろうか。看護師なら、もし散乱させてしまっても丁寧に並べ直すだろう。午前中はほかの患者の急変が続いたようで看護師たちは忙しかった。たとえ木暮のべッドサイドにきてもパンダの乱れには気づかなかったのかもしれない。ということはまだ拾われていないパンダがあるのかもしれない。

ナイチンはそう考えて、しゃがみ込んで確認すると、やはり一体がベッド下にころがっていたのです。それを拾い上げて、埃を落とすと木暮にたずねました。

「もしかしてパンダの並び順が変わってしまったのではないですか？」

すると木暮は目を丸くしてこっくりとうなずき、ぼそぼそと声を出し並び順を説明しはじめたのでした。

ナイチンは、視線をパンダたちから木暮の顔に戻して声をかけます。

「よろしいですか？　お話ししても」

木暮はかすかにうなずき、心の中でつぶやきます。〈この人は、野口が落として拾わなかった十一郎を拾って、一郎から十二郎の並び順まで正してくれたんだから、そのくらい応じてやらなければね〉

「私は橘高と申します。正直に話しますが、木暮さんに野口先生のひどさをＳＮＳに暴露しないでいただくための臨時の担当看護師です。よろしくお願いいたします。いまも暴露するという気持ちに変わりありませんか？」

木暮は即座にうなずきます。

「わかりました。思いとどまっていただくには、木暮さんの心身の消耗を最小限にする、野口先生への信頼回復をうながす、その2点がポイントなのではないかと私は考えています。セイダイの看護師のみなさんは優秀です。しかし、ここの看護資源を患者さんたちに分配した場合、木暮さんにできる看護は現状で精いっぱいです。私は木暮さん専任ですから、その分しっかり対応できます。よろしいでしょうか、私が担当させていただいても」

ナイチンに見つめられながら問われて、木暮は思わずうなずき、心の中で首をかしげます。〈この人のさばさばした感じというかドライな接し方というか、患者への意識的なやさしさの演出みたいな微笑みを一度も見せなくて、楽。不思議ながら安心感もなんとなくある。パンダたちのことも、普段なら詮索された気がして大いにいらつくと思うけど、そうならない。自分が大切にされている感覚があって嬉しい。それが弱った患者というものなのだろう。元気な人には想像できない心理かもしれない〉

「まずは、この部屋のブラインド。木暮さんの体調やご希望に合わせて、快適に過ごせるよう頻繁に調節します。いまの時間、もう西日は入らないので、夕方の空や景色が見えるように調節してもいいと思いますが、いかがでしょう。スタッフには頻繁に調節を頼めないし、最も辛いのは西日がさすことで、それを避けるために1日中締めっぱなしにしてもらっていたのではないですか？」

木暮は驚いたように目を見開き、ゆっくり大きくうなずきながら思います。〈副作用のだるさに西日はものすごく不快、というより苦痛だから閉じたきりにしてもらってたけれど、洞窟にいるみたいだった。ブラインドなんて自分で好きなようにするからほっといてくれ、といらつくことしかできないのが私の現状。いちいちありがたい〉

「それと窓も適宜開けます。病床にあるときの新鮮な空気はとくに気分転換になって、だるさや苦痛がやわらぎます。屋内の空調が行き届いていても、外気は格別ですから」

「たしかに」

唇をわずかに開き、舌足らずな発音で思わず木暮はつぶやきました。見開いた目の目尻から涙が耳に向かって伝いはじめます。

それに気づいてナイチンは料理の食べ方でも説明するかのように言います。

「いまの木暮さんは泣くことも体力を消耗します。回避するためになにかくだらないことでも連想してみてください」

木暮は目をきょろきょろさせますが、思いつかなかったのか、ナイチンと目を合わせて首を横に振ります。

「連想しようとしただけでも、泣く気分はうすれたのでは？」

木暮がうなずきます。

「もうすぐ倉沢という看護師が到着し、彼女と私の2人が、月曜日までの短い間ですが、担当をさせていただきます」

木暮は、新しい名前を聞いたときにわずかに怪訝な表情になりました。それを見逃さなかったナイチンです。

「そういえば、信頼区間という考え方が統計にあるのですが、あっ、ご存知ですか？　当チームのメンバーである倉沢はその信頼区間を、人や事柄の信頼できるゾーンのことだって言い張るんです。そういう意味だと思うことにしてるって。彼女、変わってるんですよ。倉沢のいうところの木暮さんの信頼区間に彼女を入れてあげてください。あっ、ありがとう」

木暮は胸のうちで苦笑します。〈だるくて仕方ないのに、思わずピースをしてしまった。私が信頼区間を知ってるって顔をしたとき、この人ははじめてニコリとした。口の中がこうでなければ、あなたもなんとなく変わってるって言ってやりたかったんだけど〉

「もう1人のチームメンバーの犬江が、セカンドオピニオンの立場で木暮さんへの治療をチェックし、その報告を今日中にさせていただきます。そのあとに、ＳＮＳに野口先生についてお書きになるかどうか判断していただけないでしょうか」

1分ほど天井を見つめたあとに木暮は、ゆっくりとうなずきました。

ナイチン以外の後発組を乗せたナイチン号がセイダイのある三能地区に到着し、車内で2チームに分かれてミーティングを開いたのはその日の午後でした。

根津と途中から乗車したみゆきは、このあと三能地区内の各所で調査を行う予定で、地図を広げて話し合います。一方、セイダイでの任務を控えたリマとケンは、ナイチンからのメールをチェックしながら打ち合わせます。

「ケンが木暮さんに野口医師に関するレポートをしたあと、私がケアを引き継ぐ。今日は彼女の信頼区間に入れるよう距離を縮めて、明日にはパンダの件を聞いてみるという流れだよね」

「そうだね。電話してみたら野口先生、これからすぐ会ってくれるみたいだ」

ケンが野口との面会を段取り通りに済ませて木暮の部屋にやってくる直前、木暮はなだらかな角度に調整したベッドに背中をあずけて、穏やかな表情で座っていました。

かたわらでは、ナイチンが彼女の食事摂取量などをタブレット端末に入力中です。好物のクリームシチューのスープやとけかかったアイスクリームを太いストローで飲むなど食べ方をいろいろと工夫し、ゆっくりとナイチンがサポートしたこともあって、木暮はいつもに比べてかなり多くの食事を摂ることができました。

木暮は左耳の下に束ねてもらったロングヘアの毛先を撫でながら思います。具合が悪くなければなにも考えずに行っている些細な動作です。〈シャンプーとか普段通りの洗顔法がこんなにも心地よさをもたらすなんて。それにしても、どうして私はあんなに野口先生に腹を立てたのだろう〉

主治医の野口からは入浴許可が出ています。髪の汚れも全身の皮膚が蝋の膜でふさがれているような感覚も不快でしたが、病室内のトイレに行くだけでも精根尽き果てた感覚になるため、その何倍も体力を使う入浴を彼女はあきらめていました。

そんな木暮のシャンプーをナイチンはさきほどベッド上で行いました。安楽な態勢でささっと。これまで蒸しタオルで拭くだけだった顔も、ナイチンがうしろから身体を抱きかかえる体勢をとることで、洗面台で本人の手を使って洗顔フォームとお湯でばしゃばしゃと洗えました。

「ブラインド、よかったら全部上にあげておきませんか。あと1時間くらいしたらベッドから星がよく見えるかもしれません」

ナイチンの言葉に、木暮は目を合わせてうなずきます。自分でも驚いてしまうほどの素直さでした。

そこへドアノックの音がして、顔をのぞかせたのはケンでした。彼は、入室するなり木暮にたしかめます。

「病棟が静かになると、ぽたりぽたり水滴が落ちる音が気になっていませんか？」

「そ」と木暮は目を丸くしてうなずきながら声を発すると、口元を手で押さえて顔をしかめます。

「口内の痛みですね。お話しさせてしまって申し訳ありません」

一礼してケンは続けます。

「この部屋から近くの場所に掃除モップを洗う流しがあり、そこから水滴が落ちていました。対処したので今夜からは聞こえなくなりますよ。苦痛を我慢しているときは、そういう音が大きなストレスになる場合がありますからね」

木暮は驚いた様子でケンを見つめ深くうなずきます。

ケンが簡単な自己紹介後に野口医師の治療のチェック結果の説明をはじめると、木暮は表情を硬くします。

「彼は治療、とくに化学療法において実に優秀な医師です」とケン。

「木暮さんの容態に即して繊細に全身状態を目配せしながら治療に誠実に取り組んでいます。ただ、彼はムンテラ下手の野口というあだ名でした。ムンテラとは、患者さんやそのご家族への、病状や治療にまつわる説明のことです。わかりやすい説明だけではなく、総合的なコミュニケーション力がポイントになります。

彼は、木暮さんのような理解力の高い人にはわかりやすい説明ができたのではないでしょうか。でも、それ以外のところがね。潤滑油のない会話、カチンとくる表現、会話の機微がわからない。さきほど会ってきましたが、そんなところが少しあるかもしれない人物でしたね」

木暮は何度もうなずき、スマホを手にして早打ちで文字を打ちケンに見せます。そしてナイチンにも。

〈そうなんです！　目を見て話さないし、『妊娠の経験はほんとにないんですか』みたいな失礼な聞き方するし。今日だって、ここにくるなり『木暮さんもがんばってください』なんて言って。私、これ以上なにをがんばればいいんですかって思ってたら『じゃ』って行ってしまおうとして、そして丸椅子から立ち上がったときよろけて、オーバーテーブルを強く押してぐらつかせたりして……。私、そんな余力ないのに、咄嗟に枕元に置いてあった吸い飲みを投げてしまったんですよ。そしたら逃げるように出て行きました〉

「なるほど」

ケンは椅子に座り直し、視線を床に落として深くうなずくと木暮の顔を見て考えを伝えます。

「まあ、それでも、僕だったら、引き続き試合に出てもらうかなあ」

疑問の表情になる木暮。

「あっ、失礼しました。僕、昔サッカーやってたもんですから。

彼がサッカー選手だとしたら、技術や決定力もあり練習も真面目に徹底的にやるんだけど、いかんせんメンバーとのコミュニケーションが下手なタイプだと思うんです。

僕だったら、同じチームメンバーとして、コミュ力不足をカバーしてやりながら、能力を発揮してもらうことが得点につながると考える」

木暮はまばたきしながらスマホに文字を打ち、2人に見せます。

〈野口先生と私がチームメンバーということですか？〉

「そうです」

2人同時に返します。

「木暮さんの病気と一緒に闘っているメンバーです」とケンが言い、ナイチンが補足します。

「プライベートでは口をきかないとしても、試合中には互いを生かし合う。勝つために。

木暮さんと野口先生は、一緒に試合中だから、仲間割れしてしまうと、敵はその隙をついてきます」

ケンは窓際に行き、星の出方を確認するかのように外を見ながら話を続けます。

「彼のデスクのパソコンにメール画面が出ていて、ちらっと見えちゃったんですけど、木暮さんの苦痛緩和について誰かに相談や問い合わせをしたと思える件名がずらり並んでいるんですよ。その時刻は夜中から朝まで。寝不足のためふらついてしまい、コミュ力不足ゆえの過去のトラブルを思い出して逃げるように退出してしまったのかも。僕のレポートは以上です」

木暮はそれから３分程度、天井を見つめたあと、〈とりあえず野口先生批判を書かないことにします〉と打った文字を２人に見せました。しばらくしてナイチンとケンは病室を出てスタッフステーションで待機し、入れ替わりでリマが木暮をたずねました。

ナイチンとケンの細かいところまで行き届いたケアに続き、リマによる心地よいマッサージも木暮の怒りをやわらげました。消灯前には〈今日はＳＮＳになにも書かないで寝ます！〉とスマホで宣言したほどです。

翌日の日曜日——。
セイダイの院長室のソファに座った大池は、小さくため息をつくと、窓のほうを向いて

「いつもなら、いまごろはランニング中なのに」とつぶやきます。市民ランナーでもある彼女は、毎朝の通勤時に3駅分を走って足を鍛えていましたが、たっぷり走れるのは休日である日曜日の午前中だけでした。

大池の隣には梶原が座り、対面に腰掛けているナイチンとケンを苦々しい表情で見つめています。

梶原が貧乏ゆすりをしながら、自分の手元に移した視線をナイチンへと戻すと、強い口調で切り出しました。

「だから、警備員を増やしたほうがいいって言ったじゃないですか。まさか、ナイチンさん目あてのやつが入って来るなんてね。ずいぶんな有名人に仕事を頼んでしまったもんです」

「とにかく、ひとつひとつ対処を考えなければ」

大池がじろりとナイチンを見ながら言って、梶原の怒りをなだめます。

1時間半ほど前に、ここにいる誰ひとりとして想定していなかったトラブルが起こってしまったのです。発端は、ナイチンの計画通りにことが運んでいるように思われた、昨夜にありました。

リマになにも書かないと宣言した木暮でしたが、その後SNSに投稿してしまったのです。どうしてもチーム・ナイチンを褒めたくなったから。とくにナイチンについての記述には熱が入り、ボリュームも膨らみました。

すると、その投稿に反応して大勢の人からコメントがありました。残薬問題のときのナイチンの印象を綴っている人が多く、中には、〈大局を動かしたい感じの人。あなたはいま、なにかをするために利用されているのでは？〉〈ナイチンゲールのブランドを利用して好き勝手やってる人〉〈すましてて嫌い〉といったものもありましたが、おおむねナイチンを評価する内容でした。

木暮はそこではじめて、テレビかネットで見たことのあるナイチンを思い出し、その人物だったことに驚きましたが、それでもナイチンらへの好印象は変わらぬまま眠りにつきました。

問題が起こったのは、今朝、木暮の部屋を訪れたナイチンが口内のケアをするために口の中を確認しようとした、そのときでした。いきなりドアが開く音がして、見知らぬ男が顔を出したのです。男は、振り向いたナイチンと口を開けた木暮をすばやく写真に撮り「橘高さん、ですよね」と早口で語りかけます。

その男の背後にケンがやってきたことに気づいたナイチンは、すばやく「写真撮られた」

と伝えました。

一拍おいて状況を理解したケンは、男の肩をつかんでドアから引き離し、廊下で揉み合ってカメラを取り上げました。騒ぎを聞きつけて到着した警備の男性とともに、ケンたちが問い詰めると、男は週刊誌のフリー記者であることが判明したのです。

このトラブルを受けて、梶原や大池、ナイチンによるミーティングが急遽開かれることになりました。梶原がパソコンで作業中のナイチンをにらみながら、ふたたび低い声を発します。

「倉沢さんならいいってことなんですね」

朝の一件のあと木暮は、ナイチンではなくリマに看護してほしいと希望したのです。

「はい」とナイチン。

「こちらとしても、ちょうど倉沢に代わってほしいタイミングでしたから。私個人の件で記者の侵入があったこともですが、こちらの警戒が甘かったこともお詫びいたします」

夜間出入口の警備員は、ナイチンの関係者だと話した記者の男をすんなり通してしまったばかりか、親切にナイチンがいる病室までおしえたのでした。

「詫びられても、実にどうも、うーん」

梶原は顎を突き出してぶつぶつと言うと、横目でナイチンを見てから嫌味な口調で追い討ちをかけます。

「木暮さん、あなたを相当嫌いになったようで、自分のＳＮＳに、あなたの批判コメントを寄せた人たちに同調するようなこと書いてますよ」

「よかったです。野口先生のことはひと言も書いてないようですからね」

ナイチンはパソコンに向かったまま涼しげな表情で返します。

「ほんとは気落ちしてるんでしょ、強がっちゃって」

「いいえ。木暮さんが私を嫌うのは自然だと思いますし、野口先生への悪感情がうすらいだ分、ほかに嫌う存在があったほうがいいとも言えます」

ナイチンが梶原とやりとりする間、大池はひと言も発していませんでした。その理由は、梶原から明かされました。この朝に起こった問題は、１つではなかったのです。

「今朝、病院宛てに匿名の告発メールが届いてましてね。なんでも、あなたが看護職廃止案なるものを提唱していると書かれてまして」

「その看護職廃止案をね、私もさっき梶原さんにもらって、唖然としました。あなたが書いたとは到底思えませんけど、なんなんですか、これは」

ようやく口を開いた大池の右手には、その看護職廃止案を印刷したＡ４用紙がありました。彼女は片眉を上げて、いままでにない低く無機質な声でそれを読み上げます。

「えーと、社会保障費のうちの国民医療費は、１９９０年に20兆円、１９９９年には30兆円、そして２０１３年には40兆円を超え、２０２０年は42兆９０００億円を超えた。

超高齢化社会、さらに少子化。いまの調子で２０５０年になったなら、１人の現役世代が１人の65歳以上の人を支える形となると推計されている。これまでは３人が１人を支える〝騎馬戦〟スタイルだったが〝肩車〟スタイルに変化する。肩車は無理に決まっているから、お国はもろもろの策を講じているが、医療費の大幅減は難しい。つまり、前置きとして国民医療費の危機的状況を解説しているのですね。

そして本題。ここを読むとだんだんむかむかしてくるんですが。その大胆な策のひとつとして看護職廃止、だって。国民全員が少しずつ痛みを分けてこの状況を乗り切っていかなければならないから、だって」

無機質だった口調は低さを保ったまま、少しずつ、怒りを帯びたものへと変容しています。

「看護師、准看護師、保健師、助産師の、４つの看護職の資格をなくす。つまり養成をしない。で、すでに資格を持っている看護職は、ケアマネージャーやヘルパー、介護福祉士、社会福祉士、そしてリハビリ関係などの医療介護関連職に講習受講などの条件をつけ資格移行ができる特別措置を行う。また、高度医療の現場などでこれまでと同様の看護師の仕事をする人たちは、その仕事内容にあった新しい職種として位置付ける。

現在の看護職の給料は仕事量に見合っていないと言われてはいるが、それなりの給料ではあるので、２０２０年現在でおよそ１７３・４万人いる看護職四職の就業者数で計算するとかなりの人件費となる。その人たちが別の関連職に移行すれば、ほとんどの場合、給与額減となり、全体にぐっと人件費が浮くと思われ、それが医療費節約になる、だって！　移行できるとされた関連職の方たちにだって失礼よ」

言い捨てて大池はふうと息を吐き、続けます。

「看護職員は、２０３０年に約２０３万人、２０４０年には約２１０万人の就業者が必要だと推計されているのだから、非現実もいいところよ。ばかばかしい。新型コロナウイルス感染症の対応でもどれだけ看護職が重要か世間には改めてわかっていただけたのだし。

看護職は優秀だけれど、看護職がやっていたことはほかの職種で分担しましょう、と書いてある。直接的な療養のお世話は介護士、服薬は薬剤師が指導、栄養面は管理栄養士が指導、採血は臨床検査技師などなどでやっていきましょう、と。

じゃあ、その人の全体を見てケアする人がいなくなったらどうするのよ！　そもそも医療者の中で療養の世話を受け持つのは看護職だけなんですからね！」

そこまで言うと大池は、立ち上がり、どすどすと音が立つような足取りで窓際まで行くと「みんな、もともとは、看護師がやってたことなのよ！」とかなりの大声を出し、肩をふるわせました。

梶原があわてて大池に歩み寄ってなだめるようにフォローします。

「ですよね。介護保険制度がスタートして、新しい職種ができたり……、といろいろでね」

すると大池は窓の外を見ながら「はあ」と明るい声を出しながら大きく息を吐きます。

「すっきりした。一度、叫んでおきたかったのよ。私、いまの形になってよかったと思ってるし」

そうつぶやくと、落ち着いた様子でソファに座りナイチンに言いました。

「さっきから顔色ひとつ変えないけど、怒りを覚えないの？　作者として名前を騙られたこともそうだけど、この案の内容に」

「とくに」

ナイチンは表情を変えずにこたえます。

「それでも看護師？　看護職がいなくなるのは社会にとって大きな不利益よ」

「そうですね。アメリカの看護労働研究に取り組んでいる学者、リンダ・エイケンは、２００２年のＪＡＭＡ（米国医師会雑誌）に掲載した論文の中に、〈１人のナースが受け持つ患者が４人を超えると、１人増えるごとに患者の死亡率が７％上昇する〉と記しています。ペンシルバニア州168病院のナース1万人以上と、退院患者23・2万人から導き出した、ナースの職員配置と患者へのリスク関係の研究結果です。

担当患者が増えるだけでこれだけリスクが増えるわけですから、看護師がいなくなるという事態は、国民にとって桁はずれの不利益と言っていいでしょう」

「そ、そうよ、そうでしょ。しかも、あなた、近代看護の祖であるナイチンゲールの子孫としては、実に残念な、腹にすえかねる提案でしょ」

「その文書、誰が、どういう理由で送りつけたのかは知りたい気もします。今後、動きをとるときに注意したいので」

「そんな淡泊な態度をとっていると、今後全国の看護職に顰蹙《ひんしゅく》を買う恐れがあるわよ」

大池はナイチンをにらみながら言います。

「そうですか。なにかと不測の事態が起きますが、私のことはあとまわしにしていただけませんか」

そこまで言うと、ナイチンはパソコン画面に顔を向けて作業を再開しながら言葉をつなぎます。

「ご依頼の問題解決に鋭意取り組んでいるところで、途中でやめることはしたくないのです。それに、途中でやめて解決できなかった場合、大池さんにも責任が生じませんか？」

「もう、そういう態度がいちいち失礼だっていうのよ。いったい誰が教育したのかしら、親の顔が見たいですよ」

するとケンが「橘高の両親は他界していますが……。教育した人の顔はお見せできますよ、こちらです。よかったら、ご覧ください」

とスマホを差し出してチーム・ナイチンの集合写真に写る椿を指さします。

「ん？　え？　こ、これは、久坂椿先生でしょ」

「ええ」とケン。

「久坂先生がどうしたの？」

「ですから、橘高のメインの教育者は久坂椿さんですよ」

大池は、「え？　日本看護界のレ、レジェンドの久坂先生がこの人の？」とつぶやきながら、ストンとソファに座ります。それから彼女は、自分のスマホを差し出し、1通のメールを読むようにナイチンにうながしました。

　当院の看護師長会を代表して申し上げます。急なことなのでショートメッセージで話し合いました。当院のことを当院の職員のみで対処できない。それも看護領域においてできない、ということのようで実に不名誉で耐え難いことです。チーム・ナイチ

ンの方たちの介入を即刻やめていただきたいです。例によって、以上の意見に坂入さんの考えは反映されていませんが。

この文を読んでナイチンは大池にたずねます。

「この坂入さんは、木暮さんの病室のある4階病棟の看護師長ですね。昨日も急遽出勤なさって、木暮さんの件もいろいろ相談に応じてくださいましたけど」

「彼女は師長会では浮いた存在なの。まあ、そういう人がいたほうがこちらとしては案外やりやすいのだけれど。それはそうと、これは看護師長会のメンバーから昨夜届いたメールです。なんとか私から説得しましたが、師長たちが看護職廃止案のことまで知ったらどうなることか。でも、たしかにあなたに頼んだのは私です。やめろとは言いません。その代わりに、必ず、必ず、解決してくださいね」

その頃、西棟４０３号室ではリマが木暮の足のマッサージをはじめていました。

室内には、足浴に使われたラベンダーの香りが漂っています。

木暮は上半身を起こしたベッドに背中をあずけ、両足をバスタオル上にまっすぐに伸ばしています。

「これ、手で触れること、を手法のメインとしたタクティールケア。スウェーデン発です」

リマは、オイルをなじませた手のひらを彼女の足首と踵に包むようにあてて、それを密着させたまま足先へとゆっくり滑らせます。

「こうすると、脳の視床下部からホルモンのオキシトシンが血液中に分泌され、不安感やストレスの元となるコルチゾールのレベルが低下してリラックスにつながるので、各現場でケアに使われはじめています。あっ、うるさいかな、話さないほうがいい？」

「いいえ」

木暮は首を横に振りながら小声で言います。口内炎の症状がやわらぎ、ひと言くらいなら話せる状態になりました。

木暮はわずかに笑みを浮かべながら思います。〈そういえば、似た感じの施術をする店に何度か通ったな。誰かに肌を触られたくて通った。いつだったか、女性がエステに行くのは男性が性風俗に行くのに似ているって週刊誌で読んでどきりとして、それ以来、行ってない。足の指と指の間まで指を入れてくれるときは、思わず声が漏れてしまいそうな得も言われぬ気持ちよさとともに、私という存在を肯定してもらったような感覚になった。医療の一部としてやってもらうことの、この堂々とした感覚はなんだろう。なぜかこの人には、誰にも話したことのないこともいろいろ話してしまった〉

木暮はスマホ画面に文字を打ってリマに見せます。

〈野口先生のこと書かない、って言ったのだから、倉沢さんたちは目的を達成したわけで、もう、こんなに手厚い看護はしなくてもいいんじゃないですか？〉

「今日も書かない、とはまだおっしゃっていないし。それと」

と言ってリマは、木暮の足に触れたまま顔をあげてニコリとし、

「私、人の肌に触れるのが好きなんです。だから看護師を目指したところがあるんですけど、実際に看護師になってみたなら、患者さんの容態にもよるんですが、思い描いていたほどは触れないんですよ。それでいま、とても嬉しいわけです。私の満足のために、すみません」

木暮は首を横に振ると文字を入力します。

〈人の肌に触るの、なぜ好きなんですか？〉

「うーん。焚火にあたるとき、手のひらをかざすとじんわりとあたたかいでしょ。あんな感触があるからかな、自分でもよくわからないんですよ」

そう聞いて木暮は思います。〈倉沢さんの接し方は、なんというか、この病室が社会から隔離された感じではなく、社会の一部みたいな感覚になれる。橘高さんだってそう。犬江先生も。気に入った。だからこそ、切ない。

ほんとうは、記者の乱入や写真を撮られたことで橘高さんを拒否したのではない。昨日、駆けつけた犬江先生と橘高さんが目を合わせて、いかにもツーカーな感じでわずかにうなずき合った一瞬を見たとき、無性に腹がたったんだ。仲がよい感じに嫉妬しているのとも違う。彼ら3人が嫌いなのとも違う。わかり合う人間が、私にはいない。それが切ない〉

木暮の表情が硬くなったのを感じたリマは、話しかけるのをやめ、右足10分、左足10分のタクティールケアを行いました。ときどき顔をあげて、木暮と目を合わせて微笑みながら。それからケア用品を片付けるために一旦退出し、取り急ぎナイチンにメールを送ります。

〈木暮さん、フィジカル的にはまあ安定で、痛みや苦痛もかなり緩和。でもメンタル面が心配。視線の動き方に落ち着きがなくなっている上に、並べたパンダたちを見つめる回数が多くなっています〉

リマが報告のメールを打ち終えて顔をあげたとき、スーツ姿の細身の男が彼女の前を通り過ぎていきました。その顔を見て思わず「え!?」と声を出してしまったリマ。男はリマのほうを振り返ると、バツが悪そうにニヤリとしただけでそのまま立ち去っていきました。

〈またゾンデが来てる。もしかしたら、そっちに向かっているのかも。じゃ私は病室に戻る〉

リマからの報告メールから、さほど遅れをとらないタイミングで院長室にゾンデが入ってきました。

ナイチンは手を止めてゾンデを一瞥し「どうも」と言うとパソコン画面に向きなおります。

「あれ？　僕の登場にどうして驚かないの？　それに相変わらずのつれない素振り。もう少し喜んでほしいんだけどなあ」

そう言いながら歩を進めて彼は、自身に訝しげな眼差しを向ける梶原と大池に名刺を差し出します。

「失礼しました。厚生労働省の進藤と申します。今日はチーム・ナイチン・ウォッチャーとして個人的におじゃましたんですけどね、こちらの院長は知り合いですので、先に挨拶させてもらいましたよ。で、ええっと、事務局長の梶原さんと看護部長の大池さんですね。院長がおふたりのこと、呼んでますよ」

院長がいる別室へ向かった大池と梶原のうしろ姿を見送ると、ゾンデはナイチンらが座る応接セットの周囲を歩きながら話を再開しました。

「こちらの院長はうちの上司と旧知の仲で、僕ともたまたま顔見知りなものでしてね。だいたいの状況は伺いましたよ。橘高さん、いやナイチンさん、古西の番組に出演したあたりから、あなたが思う何倍も有名人になってるんですから、気をつけていただかないと。

そうそう、看護職廃止案のことも聞きましたよ。お気の毒に。あんな使い方をされるなんて、いい迷惑ですよねぇ」

「そうですか。おかまいなく」

　言い終えてゾンデは善村太郎の顔を思い浮かべ、〈あの人じゃないだろうな〉と心の中でつぶやきました。

〈たしか、あの人に渡す資料をプリントアウトしたときにはまだ、看護職廃止案の講演全体の録音データは受け取っていなかったよな。間違って印刷しかけたけど、途中までのレジュメしかなかったから、すぐにストップボタンを押したはず。もしかして、プリントされてたのか？　だとすると僕のせいか。いやでも、あの人がやったとは限らないし……。いやいや、やはりどう考えても、あの人しかいないか。となるとやっぱり渡した資料に紛れ込んでいたのか？　じゃあ、ここで潔く謝ったほうがいいか？　とはいっても、別のルートで仕入れた可能性もあるし……〉

「どうかしたんですか？」

　ゾンデが歩き回るのをやめないまま急に黙り込んだものだから、ナイチンは声をかけざるを得なくなりました。

「あ〜、はいはい、なんでもないです。とにかく、僕にできることがあれば、なんでも言ってくださいね、ふふ。まあ、言われなくてもやっちゃうタイプなんですけどねえ。ははははは」

そう言い残してあわてて帰っていったゾンデと入れ替わるように、院長のもとから大池たちが戻ってきました。不思議なことに、２人はもう、ナイチンを問い詰めるモードではないようでした。そればかりか、大池はナイチンに握手を求め、「なんでも言ってくださいね」とやさしく言うほどです。

「それは助かります。では、昨日お願いした、調査結果のネット配信にゴーを出していただけませんか」

「その件ならさっき、院長からもＯＫが出ました。いいですよね、梶原さん」

「ええ……。で、昨日も聞きましたけど、配信より先に結果を見せてもらうわけにはいかないんですよね」

「はい、あくまでも公平な調査ですので」

「う〜ん、そうですか……仕方ない、みなさんを信じましょう」

「よかったです。もう少しでまとめ終わりますので」

ナイチンは少しだけ梶原や大池に視線を向けると、再度パソコンと向き合いました。前日から根津たちのグループが周辺地域でセイダイの評判などを調査していて、ナイチンはそのデータの集計と分析の作業に追われていたのです。

作業が終わったのは、セイダイの建物を夕焼けが包み込む頃でした。その結果はチーム・ナイチンのメンバー間だけで共有されたのち、根津によって、インターネットで生配信することになっています。ナイチン号内の仮設スタジオで動画をセルフ撮影するのです。

いまだ結果を知らされていない院長と梶原、大池は、院長室でナイチン、ケンとともにパソコンにつなげたテレビ画面をながめながら、そわそわして配信開始を待っています。

カメラ目線の根津の上半身が画面に映り、動画がはじまります。

「私はチーム・ナイチンの根津と申します。

セイダイこと世界医科大学病院の特徴を浮き彫りにする目的で、三能地区にあります5つの病院を比較する独自調査をいたしましたので、ここにご報告いたします。なお、調査もここでのご紹介も、すべて当チームが独断で行うものです」

そして根津は実施した調査方法などを説明し「すべての調査項目についてその結果のランキングを作成しました。その中でセイダイが1位になったものをご紹介しましょう。まず1つ目です。ジャジャーン」と言ってスケッチブックに油性ペンで文字を書いた面を掲げます。

「〈医療費の未収金額〉。入院費などを踏み倒されている額です。少しさかのぼりますが、全国の病院が多く加盟している某協議会の平成17年の調査では、約３２７０病院における累積未収金額が１年間で約２１９億円、３年間で約４２６億円だと判明。医療費未収は、現在も多くの病院で抱えている問題です。この金額の多さが、セイダイは5病院中、第1位」

梶原がナイチンに不安げな視線を送るのを予測していたかのように、ケンが「まあ。もう少し見ててください」と制します。

画面の向こうでは、根津が予備校の教師にいそうなテンポのいい口調でしゃべり続けています。

「この1位が意味するのは、人がよくて、執拗な取り立てができない気風がある、という見方もできます。次にいきましょう。〈忘れ物の保管期間の長さ〉堂々1位。保管の期限を決めずにどんどん倉庫にしまっているという状況ですが、ほかの4病院は、忘れ物の持ち主がわからない場合、だいたいひと月で処分しています。時間が経ってから忘れ物を思い出した場合、セイダイなら探しだすことが可能ですね」

梶原は開いた口を閉じないまま画面を見つめ、その視線の先では根津が口を動かし続けます。

「では次。〈職員が周辺居酒屋で大酒飲んだり、どんちゃん騒ぎしたりするイメージの病院は〉というアンケート調査で、セイダイが第1位。うーん、医療関係者にとって最重要課題とも言えるストレス解消に積極的で、医療を受ける側にとっても実にありがたいこと」

「こ、この点は、はじめに橋高さんに話したことですよね、こんなふうにばらされるとは。これ、どういう感情を持って受け止めたらいいかわかんないですよ」

茫然とした様子で梶原がぼそぼそと抗議すると、ナイチンは目を輝かせて梶原に返します。

「さすが、知られたくない、という点だけあって、おしえていただいたことはすべて5病院中、1位でした！」

「でした！　って。これは、どんな影響を及ぼすか、わからないぞ」

力なく言って肩を落とす梶原にナイチンは近づいてつぶやきます。

「でも、ほんとうに外部に出たらまずい点は私にお話しになっていないでしょうから」

すると梶原は、ナイチンから顔をそむけ小さく咳払いをします。大池は視線をナイチンから梶原に移してにらみます。根津が明るい口調で続けます。

「〈面会時間を守らなくても黙認しがち〉1位。これは多少の融通がきくということですね。〈医師と看護師が仁王立ちで向き合って口論をする〉1位。すばらしい。対等に意見を交わしているのは、チーム医療の充実の証しです。〈職員の部門間の対立や喧嘩がたえない〉

1位。部門間で切磋琢磨しているわけですね」

聞きながら梶原が「もう、知らない。大池さんがこの人たちに頼もうって言ったんですからね」と深いため息をつけば、大池は「事務長も院長も私の提案を受け入れたし、この配信にもゴーを出したじゃないですか」と小声で返します。

ここでナイチンが梶原に告げました。

「梶原さんから伺えなかった点も、根津がこれから発表させていただきます」

「え？」

梶原はにわかに不安げな表情になります。根津はスケッチブックの次のページをめくって映し、語気を強めて最後のランキングを発表しました。

「では最後です。〈看護職の離職率の低さ〉セイダイが堂々1位！看護職の離職率は、その施設全体が働きやすい職場かどうかをあらわすバロメーターだと思われます。看護職員は病院の中で最も人数が多く、また働き方に課題が多い、女性が9割以上の職種。また、看護職は引く手あまたで、ひとつの職場に固執しなくてもいいにもかかわらずやめないのは、その職場に魅力があり働きやすいから。働きやすければ仕事に打ちこめる。質も保てる。これは利用者にとって大事なことですね」

ほっとしたあまり放心状態になっている梶原の横で看護部長の大池がすっくと立ち上が

って、動画に向かってうんうんと大きくうなずき、「やはり、なんといっても久坂椿先生のおしえ子ですものね、大事な点は最後にちゃんとやってくださるんですね、ありがとう」と言って目頭を押さえます。

「こんなに短時間で、よくここまで調べられましたね。急いだのにもきっとわけがあるんでしょう？」

「ええ。ランク1位になったのにそうでもないじゃないかって、いろいろと欠点をつつかれたり失態があったりした場合、世間の大勢の人にとってインパクトが最大になるのはその一瞬でしょう。あとはもう関心がなくなり、真実が違うところにあったとしても興味を示さない可能性があります。あとから事情を説明して反論しても、聞く耳を持ってもらえないかもしれないので、先手を打ってインパクトのある動画を流したんです。おふたりには少々、刺激が強かったかもしれませんが」

「まあ、誰かとは違って、私は最初からあなたを信じてましたからね。ところで、看護職廃止案も、手遅れになる前に手を打ったほうがいいんじゃないの？　進藤さんだっけ、彼から事情は聞いたけど」

ナイチンと大池が話し込んでいると、ケンが「おほ～っ」と素っ頓狂な声をあげました。動画の再生回数がぐんぐんと伸びていたのです。その理由はほどなくして、木暮と一緒に動画を見ていたリマからの1本のメールで判明しました。木暮が自らのSNSアカウントで動画のことを取り上げていたのです。

　このとき、木暮のベッドサイドにはリマとともに、1人の男性が腰掛けていました。医師の白衣姿ではなく、パジャマの上にガウンを羽織った姿で座っています。木暮の行動は、SNSで病院を責めたことへのせめてものお詫びと、ついさっき実現したこの男性との再会への感謝の気持ちからでした。


　時間はこの日の昼前にさかのぼります。ゾンデの来襲をナイチンに報告したリマが木暮の病室へ戻ると、木暮は12体のパンダをじっと見つめていました。その眼差しは、思い詰めているように見えた一方で、失った希望をなんとか取り戻そうとしているようにもうかがえるものでした。

　そこで、リマはベッドサイドに腰掛けると、マッサージを施す代わりに自らの身に降りかかったある出来事について打ち明けたのでした。チーム・ナイチンに誘われる前に勤めていた病院で入院患者の男性に背後から触れられ、咄嗟に反応したところ、患者への暴力だと誤認されてしまったのです。

「私、人の身体に触れて手あてをするのは好き。でも、それと反比例するように、触られるのが苦手なの。自分の気持ちを読み取られるようで怖いのかもしれない。そんなことないのにね。相手の気持ちだって、信頼区間なんて言いながら、わかったつもりになってるだけだし……」

それからしばらく無言のまま時間が流れたのち、沈黙を破ったのは木暮のスマホでした。彼女は少し躊躇しましたが、すっとリマにスマホを差し出しました。

画面にあったのは、「パンダの君」を探していますというSNSの投稿。リマたちが認識している木暮のアカウントとは別のものでした。

〈これも私のアカウント。愚痴ばかりのアカウントは何万人も見てるのに、こっちのフォロワーは10人もいない。笑っちゃうでしょ。ほんとうに広めたいのはこっちなのに〉

「パンダの君というのは？」

木暮は、リマに問われるまま、スマホを使ってゆっくりと説明しました。

4年前、竹の山駅前で週に2回くらい、出勤のときに、ティッシュ配りのパンダの着ぐるみからティッシュを受け取っていたこと。声で男性とわかったその着ぐるみの彼とは、そのうちに挨拶だけではなくて、「がんばりましょう」と言い合うようになり、やがて握手を交わすようになったこと。彼の存在が、当時の木暮にとって、大きな心の支えになっていたこと。

でも、1年半ほど経つと、彼はその場所にあらわれなくなったこと。会いたいと思ったけれど、顔も名前も知らなかったこと。それから、SNSのアカウントを立ち上げて、思い切って投稿してみたけど、手がかりは得られなかったこと。ぽっかりとあいた穴を埋めるために、パンダのぬいぐるみを集めて名前をつけて大切にかわいがるようになったこと。
告白を終えたとき、リマの手は木暮の左手に添えられ、その上には木暮の右手が重ねられていました。

話を聞いてリマは思います。きっと木暮さんにとっての彼は、心を支えてくれるシーネのような存在だったのだと。

「おしえてくれてありがとう。私たちで、彼を探してみてもいいかな？　時間はかかるかもしれないけど、きっと見つけますから」

〈もちろん〉とリマに伝えると、木暮は彼について覚えている限りの情報を託しました。

ケンと交代で病室から戻ってきたリマは、さっそくその情報をナイチンや大池たちと共有しました。

「パンダの着ぐるみを着た男性、左手だけはいつも手袋を外して素手だったそうです。彼女との握手も左手でしていたようで、木暮さんはその手をすごく観察していたんでしょう。彼があらわれなくなる前、指先の形がちょっと変になった気がしたそうなんです。詳しく聞いたらどうもばち状指になっていたようで、声も小さく、力なくなっていったって」

「ばち状指って？」

「太鼓を叩くばちみたいな形の指になることです。後天性なら8割がたは肺疾患。肺がんとか気管支拡張症とか」

　梶原の問いにすかさずリマがこたえました。

「その方面の病気になったから、ティッシュ配りにあらわれなくなったのかもしれませんね。だとすると、近隣の病院にも協力してもらって、該当しそうな人をピックアップするのがいちばんの近道かも。気が遠くなりそうではあるけど、手がかりがなにもないよりはまし。必ず、見つけ出します」

「いや、倉沢さん、その必要はないわね」

「どういうことですか、大池さん」

「その人がティッシュを配ってたのって、竹の山駅で間違いないのよね」

　リマがうなずくのとほぼ同時に、大池は話を続けます。

「私、6年ぐらい前からかな、まさにその竹の山駅で電車を降りてそこから先は走って通勤してるの。それで、2週間ぐらい前かな。走って出勤してきたら、散歩中の入院患者さんから声をかけられたのね。〈僕とハイタッチしてたランナーの方じゃないですか？〉って」

「ハイタッチ？　大池さんが？」

そう突っ込む梶原を大池は一瞬にらみつけると、かまわず話を続けます。

「一時期、パンダの着ぐるみ姿でティッシュを配ってた人がいて、会うたびに私とハイタッチしてたのよ」

「つまり、その人が木暮さんが探してるパンダの君じゃないかと？」

ナイチンが身を乗り出して聞きます。さっきからパソコンは閉じたままです。

「そう！　気管支拡張症で再入院したって言ってたし、間違いないと思う。しかも彼、挨拶を交わしてた人はわりといたけど、会うたびにハイタッチとか握手をしてた人は２人しかいないから、特徴はよく覚えてるって言ってたし。私のことは立派なふくらはぎを見て確信したって……もう１人は笑顔が素敵だったって」

「となると、そのもう１人が木暮さんという可能性も？」

「十分あり得るわね」

ナイチンは静かにガッツポーズを繰り出し、リマと大池はハイタッチを交わしました。

梶原もそれに続きたそうでしたが、大池からの冷たい視線を感じ、あげかけた右手をそっとおろしました。

その男性、熊谷啓太は2年半前、住まい近くの診療所で気管支拡張症と診断されて入院加療をすすめられました。その入院先がセイダイだったのです。

最近になってふたたび入院することになった彼が受診している呼吸器内科病棟は西棟の5階にあり、病棟の都合で1週間前に木暮の病室の真上に位置する病室に移ったばかりでした。大池が確認に向かうと、笑顔が素敵な女性は、全員の願いの通り木暮のことだと判明。ほどなくして、2人は再会を果たし、根津による配信を一緒に見届けていたのです。

院長室では、まだまだ増え続ける視聴者数のカウンターを見ながら、梶原が胸に手をあてて言います。

「あの人、明日退院だって言うんだから、いやあ、今日会えてほんとうによかった。聞いてるだけでどきどきしてしまう。彼も会いたいと思ってたわけでしょ」

「そうなんです」

ケンは穏やかな口調で、再会の様子を反芻しました。

「彼、病室に入って姿を見せる前に、病室のドアを少しだけ開けて、〈おはようございます〉って声を出したんです。夕方なのに。それで、彼がベッドサイドに行ったら、木暮さん、病人姿が恥ずかしいのか、目の下ギリギリのところまで掛物をかぶって、目を真ん丸にして驚いていていました。彼に〈わかります？〉って聞かれてうなずいた彼女の目からは涙がうわっとあふれて……」

週が明けて月曜日がはじまり、時間が進むにつれ、週末に梶原たちが抱いていた心配は杞憂に終わることがわかってきました。

昨夜の根津の動画には、好意的なコメントが寄せられました。一方でセイダイに外来受診希望者が押し寄せることもなく、マスコミはというと殺到しないばかりか、誰ひとりやってきませんでした。

ナイチンとリマとケンが自身の荷物を持って、最後の挨拶をしに木暮の病室へ向かっています。木暮には、ナイチンとリマのケアに準じた内容をセイダイの担当看護師たちが行うことに。大池の采配で急遽西棟4階病棟に看護師と看護補助者の配置人数が増えたため、それが可能となりました。

「じゃあ、ここ最近、チームの依頼がキャンセルされている理由は、看護職廃止案かもしれないってこと？」

「そうね。それがわかったのも収穫かな。根津さんに確認してもらったら、どうも主要な病院に告発文が郵送されてたみたいなの。セイダイには、私たちがいることがわかって、あわてててメールで送ってきたんでしょうね。あ、でもこの説明だと大池さんを怒らせちゃうかな」

「そういえば、例の病院ランキングの運営会社から連絡があって、今後は各病院の看護職の離職率も表示することにしたらしいですよ。そしたら〈セイダイはランキング60位ぐらいにはなるのでは〉って言われたらしくて、その〈60位ぐらいには〉って言い方にね、梶原さん怒ってた」

「その顔、想像できる。まあ、でも、大池さんは喜んでるんじゃない？　つくの宇宙マラソンに向けて練習してるらしいから、がんばる糧になるかもよ」

「そうそう、大池さんがランニングをはじめた理由って、野口先生に初対面で〈走ったほうがいいですね〉って言われたかららしいよ」

「いきなり言うかね。そのデリカシーのなさが、巡り巡って役に立ってしまったってわけか」

「でも、大池さん、今朝は〈いいふくらはぎですね。ランニングでもしてるんですか〉って聞かれたって……。悪気はないのよね、たぶん、悪気は。ところで熊谷さん、今日退院の予定だけど、もう退院して彼女のベッドサイドに来ていたりして。」

　そう言ったリマにナイチンは深くうなずきながら、病室のドアを開けると、そこには言葉通りの光景が広がっていました。ただひとつ、予想外だったのは、もう１人在室していたこと。涙ぐむ主治医の野口を木暮たちが笑顔で労っていました。

第5話

刺客のマラソンランナー

11月上旬の昼下がり。

橘高診療所のスタッフルームの窓際で、椿、リマ、根津、ケンが椿の庭をながめています。

「これから一気に黄葉が進んで、この庭も銀杏の落葉で埋め尽くされるんでしょうね。みゆきさんが大好きな景色」

リマの言葉に椿がうなずきます。その隣で根津も同じように笑顔でうなずくと室内を向いて報告します。

「みゆきさんは、11月26日の1週間前からこちらに加わる、とのことです」

するとリマがニヤリとしたあと、部屋の中央で作業中のナイチンに「とのことです」と言います。

「わかりました」

そう返したナイチンは、ぶら下がり健康器につるしたロココ調の小ぶりのシャンデリアに、包帯を巻いています。

11月26日の日曜日には「第43回つくの宇宙マラソン」が開催されます。今回の大会から、看護サポート部門の総指揮をチーム・ナイチンが引き受けました。チームはこのところ、連日その準備の仕上げに追われています。

「あのー」

「ノーです」

根津とナイチンのいつものやりとりです。

「いや。私、真田十勇士のひとり、根津甚八の子孫かもしれないことがわかりまして」

根津の言葉に、室内の全員の目に好奇心の色が生じます。

「この資料をちょっと見ていただきたいんですけどね」

と言って根津が差し出したファイルを開いたナイチンは、はさまれていたいつもの茶封筒を目にした途端に無表情になります。そして、根津に背を向けると包帯巻きを再開し、冷たく言い放ちます。

「根津さんがこんな卑怯な手を使うとは……。こんなショックなことはありません」

根津は「しゅ、朱理さん」とあわてた様子です。

「写真だけでも見ていただきたくて、いや、根津甚八の子孫かもしれない件は嘘じゃないんです。あっ、でも、たしかに卑怯かな……」

その声はだんだんと小さくなり、うなだれて立ち尽くします。

「卑怯だなんて、言い過ぎ」とリマ。ナイチンをたしなめます。

するとナイチンは手を止め、未使用の包帯を１つ持ってすたすたと根津のそばに行き、しゃがんで根津の左手に包帯を巻きはじめます。

それがみるみるうちに仕上がっていくのを、ケンと椿がそばにきて見ます。

「あったかいです。そして、なんともいえない安堵感を覚えます」

そう言いながら根津が左手を嬉しそうに見ていると、巻き終えたナイチンはすまし顔で立ち上がり、シャンデリアのところに戻ります。リマとケンが目を合わせて口元をゆるめます。

そこへ来客。ゾンデです。

「どうもー。お土産ですー」

と言いながらリマに菓子の手土産を渡すと、ナイチンをちらりと見て、すらすらと言葉を紡ぎます。

「ぜんぜん歓迎の素振りじゃない。寂しいなあ。おー、今日はまた、すごいものに巻いてますねえ」

ナイチンは、無表情のままシャンデリアの飾り部分を、包帯で繭のようにふわりと包んでいます。

それを横目に「さて」とゾンデは言って、全員の顔が見える位置に移動します。

「マラソンの件、運営本部から当方に相談があり、チーム・ナイチンを私が強く推したわけです。私はもちろん、みなさまが無事任務を遂行してくれると確信してはいますが……。１週間前のナイチンゲール像事件は、看護職廃止案を書いたらしいナイチンさんに任せる運営本部への抗議行動ではないか、との本部内の意見もあり、頼むことに心配な面がある、大丈夫か、と連絡がありました」

主要な病院などに怪文書のように出まわっていたナイチンの看護職廃止案は、何者かによってインターネットにまでアップされました。古西の番組に出演して以来、話題の人となっていたナイチンがつくったという案だけに、ＳＮＳでも瞬く間に拡散されました。ただ、世間はナイチンへの批判一辺倒というわけでもありませんでした。

「こんな人だったのか！」「なんだか失望したなあ」という声もたしかにありましたが、多くは「こんなの彼女がつくるわけない」「誰かの嫌がらせかもしれないね」といった意見だったのです。

その風向きが少々変わったのは、ナイチンが例の古西のニュース番組に、短時間の電話出演をしてからでした。ナイチンはこの案が自分のものであることを認めたのです。古西が唖然として次の質問を繰り出せないでいる中、「これ以上はノーコメントでお願いします」と告げ、ナイチンは切り上げてしまいました。

つくの市界隈を流れる川にナイチンゲール像が何体も投げ捨てられたのは、その翌週のことで、これもまたニュースになりました。川で見つかったのは、足元の台を含めると

２ｍほどの立ち姿になる石膏像の９体。ナイチンゲール像は、看護大学や学校のロビーなどに置かれていることが多いのですが、盗難の報告はないため、誰がどういう経緯で入手しどのように川に捨てたのか、あるいは落としたのかは、それから１週間経ったいまも、まだ明らかになっていません。

　ゾンデが話を続けます。

「そういうわけで、運営本部がこのままあなたたちを起用することに難色を示したらどうしようかとヒヤヒヤしていたんですがね、私の顔に免じて、おとがめなしにしてもらえましたよ」

「それは助かりました。いまは準備に追われていて、本部に説明に伺うような時間もあまりとれそうにないもので」

「そうでしょうねえ。私に感謝してくださいね……ハハハハッ。と言いたいところですが、実は、どうもスポンサーからも、あなたを絶対に外すなという強いバックアップが入ったようです。誰なのかはおしえてもらえなかったんですけどね。あ、そうそう、あと、ラジオの件ＯＫだそうです。詳しくは担当者から連絡が入ると思いますので。なんと、キャスターは古西さんになるみたいですよ」

　マラソンランナーの看護にフォーカスして椿がラジオでライブ解説をするという企画

を、ナイチンがゾンデを介してラジオ局に提案していたのです。

それからゾンデは、ナイチンにウインクをすると根津を手招きします。「私ですか？」と自分を指さしながら驚く根津とともに別室に移動すると、数分ほど話し込んでから帰っていきました。

同じ頃、善村と秘書の吉岡は、大きな公園内にある、木製のベンチに座っていました。周りにクローバーが群生しているそのベンチで、２人は野草散策帰りのひと休みをしています。

「つくの宇宙マラソン、遠巻きにあの娘の行状を見に行こうと思います」

善村が言いました。

「エントリーしてるらしいのよ。なにかとお騒がせの黒滝という政治家が」

「ああ、政界の黒ちゃん、と呼ばれている」

「彼、年だし、イメージだめだめだし、潮時の政治家って言われてて、その自覚もあるようでね。少しでも名誉挽回してからやめたい、と言ってるって聞いて、ふふ」

「………」

「ちらっとね、看護職廃止案のことを彼に話したんですよ。で、廃止案に大反対だと主張しながら走るのはどうかって言ったんです。それって、すごくいいイメージだって。そしたら彼、ぜひやりたいって。看護職を応援する政治家として走り通すって言い出してね。無理に頼んではないんですよ、彼が、自主的に。ふふ。だからそれを見届けたいし、それに」

　そこまで言うと善村は、かたわらのクローバーの葉をちぎりとって口に入れ、それを吐きだしてから言葉を続けます。

「世間が、廃止案を書いたあの子をあまりいじめないから驚いちゃったけど、ようやくこちらに運がまわってきたようですねえ。あの娘が医療チームからはずれないよう、運営本部に頼んだ甲斐がありましたよ。マラソンの当日が楽しみですねえ。そうそう、君に任せてたランナーの準備は終わったかい？」

「ええ、バッチリです。スポンサー枠があまっていましたので、ちょうどよかったです」

「そう。そんなに余ってたの？」

「え、ええ。そうなんですよ。で、当日なんですが、私もついでにエントリーしました。元陸上部の血が騒いじゃって」

「ほー、そうですか。まあ、いいでしょう。当日の朝にはだいたいの作戦が終わりますしね。で、やっぱりスーツで走るの？」

「いやあ、勘弁してください。冬とは言え、暑くなると倒れちゃいますよ」

「そうかい？　いっそのこと、倒れたほうが、あの子が医療チームとして慌てふためく姿を近くで見れるんじゃないの？　ふふふふふ」


大会前日の夕方。

橘高診療所のスタッフルームにチーム・ナイチンのメンバー全員が集まっています。

室内中央に置かれた椅子に小野が座わり、彼女の右手にナイチンが包帯を巻いています。

そのそばでは、リマがしゃがんで小野の様子を見物中です。

ケンと根津はソファに座してその様子をながめており、椿とみゆきは窓際で庭を見ています。

「こんなことしていただいても、私、できませんから！」

小野が困惑の表情で訴えます。

今朝、庭の手入れを終えて屋内に戻るときに椿は、入口に貼りつけられている1通の封書を見つけました。文面は次の通り。

親愛なるナイチンさんこと橘高朱理殿
私はＹと申します。あなたがかかわるマラソン大会に、私がアルバイトで頼んだ30

名が出場するのですが、実は彼らは運動習慣がない人ばかりです。なにせまったく運動してない連中ですからねえ、しかも、中には深刻な病気を持った者も何人かいますよ。なぜこういうバイトの人が誕生してしまったのでしょう。それはあなたがこのマラソンにかかわるからです。あなたがかかわっていなければ私はこんなこと思いつきませんでしたから。私の日頃の趣味はお金がかからないので、今回はある種の社会貢献としてこのゲームにお金を投じることにしました。

30名のバイトとあなたによるゲームにね。じゃあ、これからランナーに伝えているルールを説明しましょう。

①走り通したら5万円。
②途中棄権したら0円。関門閉鎖に間に合わず失格になっても0円。
③しかし、途中具合が悪くなり看護師の橘高さんに救護してもらったならビンゴ！
ボーナス5万円で、途中で終了しても0円にならない。

②になってしまうと、具合が悪くなるわ、お金は入らないわ、で最悪ですね。具合が悪くなっても無理して走っちゃうかもしれませんよ。もし万が一バイトの30名の中

から死亡者が出たりしたなら、責任重大。40年以上続くつくの宇宙マラソンの歴史の中で、これまでに死亡したランナーは1人もいないそうですよ。

ですからあなたには、看護人としてコース内を走りまわってほしいと思います。運良くあなたに救護されれば、ランナーも走った甲斐があるというものでしょう。くれぐれも、ほかのナースがあなたに成りすますことはしないと約束してくださいね。

ではがんばってください。ナイチンゲール7世が間接的な殺人者になってしまわないよう祈っています。

小野へ包帯を巻き続けているナイチンにリマが聞きます。

「当初のプランのままで、ほんとにいいの？」

「いい、というのが結論」

「でも、手紙に書かれていることがほんとうだとして、その30人のうちの何人もがばたばた倒れたりするかもしれないけど」

「その30人がほんとうに運動習慣がなくて、既往歴のあるような人が紛れているとしても、その人たちが混ざった明日のランナー全体の健康リスクがどのくらいアップするのかは、評価できないのよ」

「ん？」

「過去のマラソン大会の救護にまつわるデータ報告はあまたあるけど、それは救護された人たちについてのデータであって、救護されなかったランナーの健康状態についてのデータは存在しないの。既往歴があったかどうかで言うと、救護されなかった人の中にも既往歴のある人はいただろうし。

　そもそも、多くのマラソン大会では、体調に関して自己判断・自己責任でエントリーするわけで、もちろん、不安のある方は医師に相談してください、って主催側から説明があるけど、健康診断書を提出して参加するわけじゃないし、どんな既往があってどんな体調なのかは不透明。

　中には個人情報だから健康情報を大会側に知らせたくないという人だっている。だから、全ランナーの健康状態が把握できていないという前提で救護プランを立てていて、その30人が混じったとしてもリスクは同じだから、救護体制を変える必要はない、と」

「わかった」とリマ。

「もう」と小野が仏頂面で声をあげます。

「どんなに包帯を巻かれても、私ができないってことに変わりはないですからね！」

　運営本部に終始在席する予定だったナイチンは、Ｙから文書が届いたことで、急遽、マラソンコース内で動いて救護活動をすることにしました。それで本部に在席する役を小野に頼んでいるというわけです。

「ほんの少し前までは〈お前なんか必要ない〉って言われるかと思ってたのに、急にそんな大役を任されるなんて……心を整理しきれないっすよ」

小野はこのところ、チーム・ナイチンに寄りつかなくなっていました。

余命わずかだとわかり自宅療養を決意した小野の祖母は、うつれば祖父の命を取る可能性がある細菌感染を起こしていました。主治医から小野にだけその事実が伝えられ、祖母や祖父に伝えるべきかどうか悩んだ末、小野は祖父母に真実を伝えたのでした。

すると祖母は「よくおしえてくれた」と孫娘に感謝し、祖父には一切接触しない道を選びました。それから祖母が自宅で過ごせたのは短い時間でしたが、直接の面会が叶ったのは、最後の最後だけで、手を握り合うことはありませんでした。祖母がそれを望み、祖父も受け入れたのです。

しかし、祖母に先立たれた祖父の抜け殻のような様子を見ていると、小野は、自分の判断が２人を切り裂いてしまったのではないかと、自らを責め、ふさぎ込んでいました。１週間が過ぎ、２週間が過ぎてもなお、仕事場に戻ろうとしない彼女の背中を押したのは祖父でした。

ひとつ屋根の下にいながらにして会うことができなくなった祖父母は、タブレットを使って頻繁にビデオ通話こそしていましたが、それよりも強く2人の間をつないでいたのは、看護師である孫娘の存在でした。

祖父から感謝の言葉を伝えられたことで、小野は、ようやく復帰を決意しました。しかしその矢先、看護職廃止案のことを知り、またもや尻込みしてしまったのです。「ナイチンさんは、いつまでも見習いレベルの自分なんか必要としてないんじゃ……」と。不安にかられる中、恐る恐る電話をしたのが2週間前のこと。電話に出たリマからの返事は「つべこべ言わず、さっさと出てきなさい！」というものでした。

しかし、いまもまた、小野は不安で泣きそうな表情をしています。

「うちのチームで受けている仕事なんだからさ」

リマが小野の顔をのぞき込みながら説得にあたります。

「ナイチンや私たちはほかの役割があるんだから、チームメンバーのあなたがやるのが自然でしょ。準備はすべて整ってるし、なにかあったら私らとすぐやりとりできるんだからさ」

すると小野は頭を横に振り、言い訳を繰り出します。

「私は見習いであって、まだメンバーになってないですから」

「メンバーよ、ねっ」

ナイチンが手を止めずに言って、リマをちらと見ます。

「いくら実の孫だからって、見習いレベルの看護師に重い問題を抱えた老夫婦を任せるわけないでしょう。あなたはとっくにメンバーよ」

「えー？　嘘……」

小野はしばし絶句したあと、目を潤ませながら2人に言います。

「私、へこんでて。看護師やる資格なんてないんじゃないかって思ってて。いや、国家資格は持ってますけどね。そんな私にできるんでしょうか？」

「できると思うから、頼むのよ」

そうナイチンがこたえて、リマは「大丈夫」と言いながら小野の頭頂部にてのひらをのせました。互いの顔を見ながらクスクスと笑っていたナイチンとリマでしたが、実はこの2人の間にも、少し前には険悪なムードが流れていました。

リマは気になっていたのです。ナイチンが古西の番組に急遽電話出演し、看護職廃止案について話した際の歯切れの悪さが。ナイチンが誰かに脅されているのではないかと密かに疑っていました。

あの日、電話出演を終えたナイチンは、橘高診療所のスタッフルームで包帯にアイロンをかけていました。その様子を少し離れたソファに座り、リマがながめています。室内には2人だけ。リマが立ち上がり、移動してナイチンのそばに座り静かに声をかけます。

「今日は疲れたでしょ」

ナイチンにとって、包帯のアイロンがけは、恰好のストレス解消であることをリマは知っています。

ナイチンは「ちょっとね」と言いながらうなずきます。

リマは、自身の両頬を手のひらで鼓舞するかのようにぱんと軽く叩き、息をひとつ深く吐くと言います。棘のある口調で。

「カッコつけないでほしいんだよね」

「ん？　ん？」

いつになく硬い表情のリマをナイチンは二度見します。

「廃止案のことだけどさ」とリマ。

「なんで……ほんとうのことを話さないの？　私たちになにか隠してるんじゃないの？」

「さあね」とナイチン。

「ああ、やだ。しれっと、すまし顔で。そこ、ナイチンの欠点のひとつだよ。こんな状況でもひとりでなにもかも抱え込もうなんて、あまりに完璧すぎない？　それはもう、欠点でしかないよ。なんというか、人間的な幅が狭いよ」

「……えーっと、どうしたの？」

ナイチンは不思議そうにリマの顔を見ます。

「だからさ、そうやって冷静に返さないで。意を決して売ってる喧嘩なんだから、買ってよ！」

リマはナイチンをキッとにらみます。

するとナイチンは、アイロンがけを少ししたあと、顔をあげ、リマをにらみ返しました。

「そうこなくっちゃ。私はあなたにマッサージはしないからね」

数分間の沈黙ののち、ナイチンは意を決してリマにスマホの画面を差し出しました。それを見たリマは拍子抜けしたかのように涙を流しながら笑ったのち、ケンも部屋に呼びました。同じく画面を見たケンはというと、あきれたかのように苦笑いし、ナイチンはひとり、ほっとした表情を浮かべました。

その日からです。ナイチンは、久しぶりに人にも包帯を巻くようになりました。まだ頭痛が悪化していなかった、ゾンデとはじめて会った頃のように。しかも、「エリーゼのために」の鼻歌の代わりに、時折、会話を交わすようにもなりました。

11月26日。マラソン大会当日。つくの市は晴天の朝を迎えました。

スタート地点から１００ｍほど離れた陸上競技場にはフィニッシュ地点があり、両者の中間地点に建つクラブハウスの中に運営本部があります。

ランナーの混雑回避のために、出場者を5グループに分けて9時から5分おきに4グループがスタートし、少し間をおいて5グループ目の10㎞マラソンのランナーが出発します。

スタート地点に設置された大画面では、消防音楽隊による応援演奏の動画が流れています。

運営本部の中央には、パソコンのディスプレイが多数並んでおり、その一角に小野が座って緊張の面持ちです。

「よっ」

肩をちょんと突かれて小野が振り向くと、ゾンデの顔が間近に迫っていました。

「そんな驚かなくてもいいだろ。やはりおたくのボスは現場に出たんだね。変な手紙かなんか届いたんでしょ」

「え？　ん？　いや」

するとゾンデが小野に耳打ちします。

「バイトの出場者、でしょ。その情報、入手したのよ。そのほかに、敵はなにか困難をぶつけてきていない？」

「あっ、えっ？」

「ああ、その様子じゃ、いまのところほかにはない感じだね」

ゾンデは心の中で〈あいつはきっと、ほかにもなにかやってくるはずなんだ〉とつぶやき唇をきつく結びましたが、その唇をすぐにゆるめます。

「君、知りたいんでしょう？　僕がなんでこのかっこうをしてるのか」

ついさっき小野が驚いたのは、ゾンデの細身の身体がランニングウェアに包まれていたのも理由のひとつでした。

「こう見えてワタシ、最強の国家公務員ランナーなんだよ。知らなかった？　じゃあ、ちょっと走ってすぐに戻ってくるから、またね～」

「う、うっざ」

小野は心の声をつい外に出してしまいましたが、ゾンデには聞こえていなかったのか、軽快な足取りでスタート地点へと駆けていきました。


運営本部の隅にある小さな控え室には、ラジオ中継用の機材が持ち込まれ、2つ並んだ液晶ディスプレイに向かって、古西達郎と久坂椿が座っています。

古西がスタッフに目で合図して、放送がはじまります。

「リスナーのみなさん、こんにちは。この番組は、つくの宇宙マラソンのレースの模様を、当番組専用のカメラでとらえたＬＩＶＥ映像を見ながら、救護の状況を中心に解説していきます。あの、ナイチンこと橘高朱理さんも、彼女が率いるメンバーとともに現場で救護班として活動されるということで、できるだけ彼女の動きをとらえてもらうことになっております。大会の主催側がネットで生中継をはじめておりまして、そちらはトップ集団やゴールの模様が多いと思われます。その映像もこの席で見られるようにしております。

　そして、ゲスト解説者として、放送席に看護界のレジェンド、久坂椿先生をお迎えしました。よろしくお願いいたします」

「はい。よろしくお願いします」

「椿先生、のほうがいい雰囲気なので、そう呼ばせていただいてよろしいですか？」

「いいですよ」

「椿先生はナイチンさんの看護の師匠だそうですが、なんとなく、そのそっけない受けこたえが彼女に似ていますね、いや、彼女が先生に似たということでしょうか」

「さあ、どうでしょうか」

「そういえば、〈残薬問題〉流行語大賞の候補に選ばれましたね。おめでとうございます。私は、〈ラムネーボ〉と〈こたえません。考え中なので〉も入る気がしていたんですけどね。

残念ですね」

「嬉しいとも残念だとも思いません。興味がありませんので」

「やはり似てるなあ。この先生と、本日、打ち合わせなしのぶっつけ本番でお送りします。お楽しみに。さて、本日の大会のコースですが、案内のプリントを見てみると、筑野大学キャンパスをスタート地点とし、そこからつくの市内をぐるりと周回して、スタートと同じキャンパス内にあるフィニッシュ地点に戻ってくるコースになっています。宇宙開発機構の方や国際色豊かな研究者のみなさんもエントリーし、さらにロボットが応援するなど研究学園都市ならではの風景と言えるでしょう。また、コースから、駅近くの公園内ににょきっと立つＨ－Ⅱロケット実物大模型が見えたりして、つくの宇宙マラソンにふさわしいロケーションです。報道陣がわりと多いですね」

「そうですね」

「ナイチンさんは今回、看護師さんを大勢動員したと聞きました」

「はい。看護師数は前回の１・５倍です。救護所の数は前回と変わりませんが、詰める看護師の人数を増やしています。コースの沿道でランナーを見守る係をつくり、そこにも多くのナースを配置しています。そして医師１人とナース２人が一組となってコース内を自転車で走りながら救護する自転車隊も、参加人数比で考えるとかなり多くしていますね。

橘高の資料によりますと、倒れたランナーのところに、足を使って行く場合と自転車で駆けつける場合の平均所要時間を参考に、どんな場所でランナーが倒れても迅速に応急処置が開始できるような配置地点や人数を割り出したようです。また、エントリーしているナースの数名にもメディカルランナーとして、必要な場合には救護にあたってもらうようです」

「ぬかりない感じですねぇ。ナイチンさんはどういう形で救護に出ているのでしょうか」

「自転車隊です」

「彼女ではないようでしたが、さきほど自転車隊が走り過ぎていくのが映りました。医師、看護師と大きくプリントされたタンクトップ状のビブスというものをウェア上に着ていました。そして3人ともリュックを背負っていました。細かいことですが、荷物は荷台に乗せればよいのでは？」

「リュックなら自転車から離れた場合も、すぐに物品を出せますから」

「中にはなにが入ってるんですか？」

「1人はＡＥＤ。リュックに大きくＡＥＤと書いてあります」

「ＡＥＤとは、自動体外式除細動器の略で、心臓の心室部分の細動と呼ばれるケイレンみたいな状態に電気ショックを与えて細動を除する、ケイレンをとること、つまり電気ショックで一旦心臓を止めることで正常な鼓動を復活させるんだそうですね。びっくりしました、心臓を止める器械なのかって。この解釈、間違ってますか？」

「ちょっと乱暴な捉え方ではありますが、間違いとは言えないですね」

「広く社会に普及されている印象のＡＥＤですが、マラソン大会でも重要ですか」

「２００４年に非医療従事者によるＡＥＤの使用が解禁されまして、解禁前のマラソン大会での心停止者蘇生率が12・5％であったのに対し、解禁後では65・8％と5倍ほど上昇。また、マラソン大会で心停止となりＡＥＤを装着したケースの約85％に除細動が実施されているんです」

「心停止の人にＡＥＤが無力の場合もあるんですか？」

「はい。いまのデータで言えば15％の心停止の方がそうです。心室細動または心室頻拍の状態でなければ除細動は適応ではないのです。古西さん、ＡＥＤの講習受けたことがないですね。ＡＥＤは、除細動が適応かどうかを、まずは器械がチェックするんです」

「ええ、講習は受けたことがありません。とにかく、救命率をあげるための実にありがたい文明の利器ということですね。心停止になったなら可能な限りＡＥＤという時代なんですね。今度、講習受けます！　さて、あとの2人のリュックには？」

「体温や血圧や脈、血液中酸素濃度を測るもの、それと聴診器、ペンライト、膀胱内の尿量や体液の状況を見るポケットエコー、酸素缶、それから口に接触しないで人工呼吸ができるポケットマスクなどの医療器材。それから消毒薬、ガーゼなどの衛生材料や温冷却グッズを２人で分けて持っています」

「エコーって超音波検査ですよね。いまはそういうものも携帯用ができたんですか」

「ええ、精度はそれなりということになりますが」

「そういえばナイチンさんは、私の番組で〈看護職廃止案を書いたのは私です〉と宣言しました。ほんとうに彼女が？　という疑念がぬぐえないのですが、それはいまは置いときまして、廃止案の作者だと言ったナイチンさんに対して、今回参加される看護師さんらはどのような反応だったんでしょうか。私、気になったから先ほど何人かに話を聞いてみたんですが、その中に廃止案が送りつけられた大病院の方がいて、なんでも、抗議の電話をかけたら、ナイチンさんに熱く語られたと言ってました。〈看護職の力をいろんな側面からＰＲする時期がきていると思いませんか〉みたいな感じで。今回参加している看護師さんには、同じような方が、ちらほらいるようですね」

「そのようですね」

「いやあ、言葉は悪いですが、なんという、人たらし」

「抗議の意思を伝えたのは、意見を持ち行動する人たちなのですから、ひとたび賛同したならしっかり行動してくださるということですね。ある意味自然な流れかと」

「なるほど。できることなら、私の番組でも思いの丈をぶつけてもらいたかったのですが……。今日こそは聞けますかねえ。おっと、当番組のＬＩＶＥ映像に、いま、１人のランナーが映し出されました。若い男性のようです。道路に膝と手をついて苦しげに肩で息をしています。スタッフによると、えー、スタートから１・５㎞地点付近のようで。

あっ、自転車隊です。えーと、ナースと大きく書かれたビブスをつけている女性、あっ、彼女、ナイチンさんですね。私何度も会ってますから、わかります。同行の２人はチーム・ナイチンの方ですか？」

「はい」

「３人、すみやかに男性の対処をはじめていますね。それにしても、この男性、まだ、そんなに走っていないのに、いったいどうしたんでしょうか」

「情報がないのでわかりませんが、スタート時にすでに体調が悪かったか、あるいはなにか持病をお持ちの可能性もあります」

「なるほど。ナイチンさんたち、あの若者を路肩のフェンスにもたれかけさせて、背部の聴診など容態をチェックしているようです」

ＬＩＶＥ映像がとらえている現場――。

ナイチンが本部に電話し救急車要請をはじめています。

「体温36・４、血圧１４０／80、脈拍90、呼吸苦と喀血《かっけつ》あり。SpO2 79%。応急用の酸素吸入はじめています。同行の医師は肺胞出血の可能性ありという見立てです。至急搬送願います」

口元にあてられた酸素吸入のマスクを取り払おうとするランナーの手を、リマが制します。すると彼は顔を動かしてマスクから口をずらし、

「やす、めば、だい、じょぶ、はし、る」と主張します。

「だめです。誓約書にサインしましたよね。救護班にストップと言われたらそれに従うと。救護班としてストップします」

ナイチンが言いました。

「む、むだ、ぼ、ね、か……。ところで、あ、な、た、あなたは……ナイチンさん？」

その言葉を聞きナイチンはハッとして、「ええ、そうです」とこたえます。

「や、った、ビンゴ。証拠に、２人で、写真撮って、ください」

リマとケンが、〈あの手紙の話はほんとうだったんだね〉という意味のアイコンタクトをとります。

放送室――――。

「あの若者、あんなに具合が悪そうなのに、無謀にも走りたそうな雰囲気出してましたね」

古西が椿に言いました。

「ええ」

「ナイチンさん、きっぱりと手のひらでストップの仕草をしてました。あれ、ナイチン・ストップと名付けてもよろしいでしょうか？」

「かまいません」

「それと彼、いま、ナイチンさんと写真撮ってましたよ。にわかに一緒に撮りたくなったんでしょうか。あんなに体調悪そうなのに」

「どうやら、近くに救急車が着いて、そこまで車椅子で移送するようですね。彼の場合、座っている体勢のほうが呼吸が楽な状態のため、そうしているのだと思われます。担架より車椅子で移送するほうが軽症だとは限らないんですよ」

その頃、善村太郎はふたばの森の中にいました。

32・5㎞地点のマラソンコース沿いに位置するそこは、キャンプ場を有する、整備された森です。休憩用のテーブルに置いたパソコンでマラソンの生中継を見ながら、イヤホンで古西らの中継を聞いています。テーブルには双眼鏡。善村はにやにやしながらひとりごちています。〈1人、ビンゴですか。ふふ。古西、なにも知らないで〉

　すると、通りがかった小学5年生くらいの男児3人に気づき、善村は手招きをします。

「ちょっと体調悪くてね、悪いんだけれど、自動販売機であったかいお茶を1つ買ってきてくれないかな」

　善村は背中を丸め肩で息をしてみせながら、500円玉をのせた手のひらを差し出します。

　男児たちはうなずいて、走ってお茶を買ってくると、善村はお釣りのお金を駄賃だと言って男児に渡し、

「君たち、きちんとしているね。それを見込んでもう1つ頼みを聞いてくれないかな」

と言って、バッグから封書を取り出します。表には月島みゆきの名前。

　善村はチーム・ナイチンのメンバーの情報は調査済みで、今朝行われた開会式でみゆきを見つけ、ゆきずりの人にみゆき宛てのメモ紙を託したのでした。

12時に堀の内陸橋下にきてほしい。

ナイチンさんに渡してもらいたいプレゼントがあるから

Y

善村が子どもたちに続けます。

「堀の内陸橋下って知ってるよね。そこに12時に、みゆきさんというオレンジ色のシューズを履いた人がくるから、この手紙を渡してほしいんだ。実はね、ラブレターです。恥ずかしいからおじさんの名前は書いてないの。頼まれてくれるかな」

子どもたちは顔を見合わせたあと、そのうちの１人が返事をします。

「その辺はちょうど自転車で通る予定ですから、いいですよ」

善村がその駄賃だと言って差し出した１０００円札を、子どもたちは受け取りませんでした。

放送室――。

「椿先生。さきほどはつい興奮して、ナイチン・ストップと叫んでしまい失礼いたしました。彼女の毅然とした態度がかっこよかったので」

「別に、かまいませんよ」

　若い女性ランナーがコース上で倒れ、やめたくないと泣き出したのですが、ナイチンは容態を見てストップをかけたのです。

「さて、リスナーのみなさん、当番組のカメラは、あまりにも動きのすばやいチーム・ナイチンの自転車隊を、目下、見失っているようです。で、え……？　現在の映像は――紙コップが長机にずらりと並んでおり、はい、番組スタッフからの情報によると、第一給水所です。

　しばし絶句してしまったのは、紙コップが並ぶ長机の背後にですね、えーと、私にはテニスの審判台にしか見えないのですが、それが10台でしょうか、間隔を開けて並んでおりまして、それぞれに人が座っております。で、全員、首から下げた双眼鏡でランナーたちを見ています。そして、手元のタブレットになにやら入力していますが、あれは？」

「野鳥研究サークルの方たちです」

「は？」

「ランナーの脱水と水中毒予防のために協力していただいています」

「水中毒？」

「はい。マラソンレースでは、低ナトリウム血症とも言われる水中毒になる人が少なくないのです。脱水を心配して水を摂り過ぎると、血液中のナトリウム、つまり塩分濃度が急激に薄まり、体調を崩すのです。軽症なら頭痛、めまい、吐き気、息切れ、むくみなど。重症になると昏睡状態や意識障害」

「そうですか。水を飲まなくても、飲み過ぎてもだめとは難しいですね」

「ええ。本大会のコースは、地形がフラットで走りやすいため、自己記録を出しやすく、初心者の参加も多いようで、張り切り過ぎてしまうことも考えられます。しかも、後方のランナーは、ゴールが近づくにつれて午後になり、気温も上がってきますからね。それで橘高は水分補給の過不足予防に力を入れているのです」

「なるほど、で、野鳥研究サークルの人たちはなにを？」

「給水ポイントでのランナー個々の水分摂取状況を確認して、チェック項目に該当した方のゼッケンナンバーを端末に入力していただいています。たとえば各給水所で水分を摂らなかった方、それから用意されたカップの水、量は１００ミリ弱ですが、それを２つ以上摂った、それも協賛会社から提供されたスポーツドリンクではなく水を摂った、そういった方たちです。ナンバーを入力するには、すばやく見分けて、走り去ってからでも遠くから目視して記録できる人たちが必要ですので、野鳥研究サークルのみなさんに協力してもらっています」

ナイチンが組織する統計クラブの会員の中に、野鳥研究サークルの人が数名いて、その縁で依頼が叶いました。

「おもしろい発想ですね。心配なランナーがリストにあがってくるわけですね」

「はい。これらの情報も救護側で共有できるシステムにしたようです。チップで計測している各ポイントの通過時間とともに、水分摂取情報も参考にしながらランナーを看護の視点で観察し、適切な声かけを行っていけば、救護所に行く人を大幅に減らすことができ、完走者数も増やすことができます。もちろん、心を鬼にして、ストップを告げることもありますよ」

「ほお。地味、と言っては失礼ですが、シンプルなアプローチをせっせと行う作戦ですね」

「つぶさに観察してこまめに対応する。悪化してしまったときの現実を知っているからこそ、そうならないよう地味な作業をねばり強く繰り返す。そうしているからこそ、小さな予兆に気づくことも可能となる。これは看護の真髄と言ってもいいでしょうね」


放送室。10時20分――――。

古西が背後のスタッフとの打ち合わせを終えて向きなおり、椿に目でCM明けに再開の合図を送ります。

「さて、自転車隊ナイチンを見つけては見失ってを繰り返してまいりましたが、先生、情報が入りました。ナイチンさんらはただいま、９㎞地点にある第一関門の手前の第一救護所のテント前にいます。なんと、スタート地点から目立っていた政治家の黒滝さんがそこに運び込まれたようなんですよ。

　チーム・ナイチンの３人に加えて男性１人と年配の女性１人、もしかして黒滝さんのご家族でしょうかね、テント前で立ち話をしています。

　意識はあり、救急搬送も必要ないという判断のようですが……、つい、椿先生の解説の合間に、大会側の中継画面のほうにチラチラ映る黒滝さんをちゃかしておりました。

たとえば、政治生命の火が消えそうな崖っぷち男が崖じゃなくて関東平野を走ってますとか、政治家を終える前のイタチの最後っ屁みたいな行動だとか、相当な有言無実行男だからきっとゴールできない、などとひどいことを連発していたので、もし容態が悪いとしたら気がとがめます」

「気にしなくていいでしょう」

「で、情報によると、黒滝さんが、ナイチンさんを呼んでほしいと言ったらしいんです。

彼は今日〝看護職廃止案、断固反対！〟と大きく書いた幅広の派手なたすきをかけてスタート地点に登場し、目を引きました。スタッフに見つかってストップをかけられましたが、〈これは大会関係者への抗議だ。君たちは廃止案に賛成するうえに、言論の自由まで妨害するのか？〉などと主張して、そのままスタートしたようですね。あ〜、いま入ってきた情報ですが、どうも彼、スマホで勝手に配信までしているようで、〝看護職廃止案反対〟という言葉が、ＳＮＳのトレンドになっているようです。まさかこのラジオよりも話題になっているんでしょうか。う〜ん……。ああ、落ち込んでる場合じゃありませんね。

　黒滝さんは自身のブログでも〈必ずこのたすきをゴールさせる。それが政治家としての私の最後の使命だと思って走ります！〉と意思を表明しているとのことで、その廃止案を書いたと宣言したナイチンさんとなにか話がしたいのかもしれません。

　はたして黒滝さんにナイチン・ストップがかかるのでしょうか。ストップがかからなくても、10時40分、つまりいまから20分後には第一関門が閉鎖されてしまうため、それまでにランを再開しなければそこで自動的に終了ということになりますが。

　残念ながらラジオ用の中継カメラは救護所のテント内に入ることができません。あっ、みなさんテントに入り、ナイチンさんだけ残ってスマホで電話をかけているようです」

第一救護所テントの中――――。

入口付近で1人のランナーが椅子に座り、足のマメなどの手あてをナースに受けています。簡易なパーテーションによって、室内からも見えない配慮がされている、いちばん奥のベッド上で、仰向けになった黒滝が腕の血管から点滴を受けています。顔は青白く酸素マスクを装着。

外から戻ったリマたちが黒滝を囲みます。黒滝の妻は、しゃがみ込んで心配そうに夫の顔をのぞき込み、黒滝家のかかりつけ医である佐伯隆一はかたわらで困惑の表情を浮かべています。リマは次の嘔吐があった場合に備えて、ビニール袋を準備しています。

「ナイチンさんは？」と黒滝。酸素マスクをずらしてリマにたずねます。

「外で電話をかけてます」

「早くゴーサインを出してくれないと、関門がしまっちゃうんだから」

そこまで言うと、佐伯をにらんで抗議します。

「顔色が悪いからやめろだなんて。なにか私に恨みでもあるんですか」

佐伯は手のひらを左右に振りながら、「ないですよ」とこたえます。

「お父さん、わざわざ駆けつけてくださった佐伯先生に失礼でしょ」

妻が黒滝の耳元でささやきます。

「今日は、ここいちばんなんだ。有言実行で政治家を終えた黒滝万一と言われるための。

芳一にだって、そういうとこ見せてやりたいじゃないか」

そう黒滝がつぶやき、妻がふるえる手で自身の目頭をハンカチで押さえます。芳一は黒滝の孫の名前。妻が酸素マスクを口元に戻すと、黒滝はされるがままにします。

さきほど、テントの外でナイチンらと佐伯は、黒滝の妻に外してもらい、次のようなやりとりをしました。

まず医師の佐伯が、黒滝の容態とここに駆けつけた理由を説明しました。

「先日、消化器科で黒滝さんに精密検査を受けてもらって、その結果について昨日連絡がありました。大腸がん、ステージⅣ、即入院、手術をすすめる。たぶん人工肛門造設となる、と。告知は私から行うことになりました。

で、告知の方法を案じていたところ、黒滝さんの動画配信が話題になっているのを見つけてあわてて駆けつけたわけです。下血していて貧血だし、入院、手術に向けて過激な運動は避けたほうがいいし。体力的に、ここまで走れたのは奇跡的です。この先は到底無理。大量下血して命取りになる恐れだってあります」

「告知の方法を案じていたのは？」とナイチン。

「ご本人に伝えるタイミングと、奥様には伝えない選択肢も含めた伝え方を検討していました。奥様はここ1年、精神的にかなり不安定で不眠もあり、それに対する薬を内服中です」

マラソンをやめてもらうために、佐伯がこれから黒滝にすぐに告知し、妻への告知をどうするかは、そのときに相談する、と決まりました。

電話を終えてテント内に戻ったナイチンに目配せをして、リマは打ち合わせ通りに黒滝の妻をテントから連れ出し、佐伯が黒滝に病状の告知をします。

すると黒滝は、妻には伝えないと即決したのち「ゴールを目指す。早くしなければ」と言い出したため、佐伯は目を丸くしていさめようとします。しかし、黒滝も引き下がりません。佐伯が説得のための適切な言葉を頭の中で探している間に、ふたたび黒滝が口を開きます。

「私がそんな身体だとわかったら、なおさらのことやめられない。ここで手あてしてもらってかなり調子もいいし」

そう言って起き上がろうとする黒滝でしたが、その前にナイチンが立ちはだかりました。ナイチンは、黒滝の肩を軽く押さえながら笑顔で言います。

「政治家、黒滝万一さんが、より輝く有終の美を飾る方法を、私からご提案してよろしいでしょうか」

そこへ黒滝の妻が戻ってきます。不安げな表情の彼女の手にリマが手のひらを重ねます。

「な、なんだね」

佐伯、妻の順にちらと目を向けた黒滝にナイチンが語りかけます。

「このたすきを絶対にゴールさせたいのですよね。ゴールさせましょう」

ナイチンがたすきに目をやりながら黒滝に言うと、佐伯とリマとケンは不思議そうにナイチンの顔をのぞき込みます。ナイチンは3人に顔を向けてうなずくと黒滝に向きなおります。

「看護職廃止案はあまりにも現実味のない突飛な案だし、批判や反対をしなくてもどうせ実現しないだろう。静観していればよいだろう。看護職はなくてはならない職業だと思うけれど、自分は廃止案反対などと拳を振り上げるタイプではない。誰かがやればいい。でも、静観していることが少しうしろめたい。内心、そんなふうに思っている方が多いのではないでしょうか。

　そんな中、今回、黒滝さんが拳を振り上げてくれる。黒滝さんがやってくれた！　とみなさん思うでしょう。

　当の看護職としても、黒滝さんの行動はとても嬉しい。看護職を大勢の人に改めて意識してもらうことができる、ありがたい行動だと感じ入った看護師のランナーが、そのメッセージをさらに印象づけるために、このあとは自分がたすきを引き受けて、そしてゴールをさせてほしい、と黒滝さんに懇願する。

それを受けて黒滝さんは、たすきさえゴールすれば自分などはどうでもいい、すべてを熱意ある看護師に託すとこたえる。そもそもは主張を書いたたすきをゴールさせるためのエントリーだったのだから、走るのはここまでとよしとした。そんなシナリオでいかがでしょう」

しゃがんでいたケンが立ち上がり、「たしかに」とうなずきます。

「ネットの生中継に映るだけでなく、いわゆるトレンド入りとなり、地上波のニュースにもなるかもですよ、〝志のたすきをつなぐ〟と」

「でも、その、たすきを受ける看護師ランナーっているの?」とリマ。

「心あたりの人に、小野のほうから頼んでもらったから、もうすぐここに寄ってくれるはず」

「依頼を受けてもらえるかどうかわかりません」と不安そうな声を出す小野にナイチンは「お願いネ」と言って、さきほど電話を切ったのでした。

黒滝は目を閉じ「うーむ」と言うと目を開け、佐伯と目を合わせたあと、妻をちらと見やって言います。

「いまのアイデアをいただくことになると、ナイチンさんに借りができちゃうな。でも、それがいちばんいい方法のようだ」

妻は安堵の表情を浮かべ、無言でこくりとうなずきます。

「でも、あなたはだいたい、あの案をつくった張本人じゃないのかい？　反対意見に手を貸していいのかい？」

「もちろんです。もともとはそのためにつくった案ですから。反対するためのものだったんです。ただ、誰かの悪意がかかわっているとはいえ、看護職廃止案が一人歩きしたのは、私の不徳の致すところです」

その言葉を聞き終えると、黒滝は「こうして横になってみると、体力的にもここまでが精いっぱいかな」とつぶやき、酸素マスクを自分で口元に当て直すと目を閉じました。

すると、パーテーション越しに荒い息づかいが聞こえたとおもうと、むっとした表情をした中年の女性ランナーがベッドサイドにあらわれます。

リマとケンが「あっ」と声を漏らします。その女性が、セイダイの看護部長、大池百合子だったからです。

「もう、なんてことをさせるのよ！　メディカルランナーには率先してなりましたけど、なんで私が？　目立ちたがり屋だと思われちゃうじゃない！　出だしで調子を崩したランナーを何人も対応したから、こんなに遅くなっちゃって、これから挽回しようと思ってた矢先だったのに。それに私、走るときの顔を人に見られたくないのよ」

大池はここまで一気にまくしたてると、一息つきました。不安な表情で彼女を見守る面々を、口を尖らせながらぐるりと見渡し、ふたたび口を開きました。

「でも、このメールをいただいてしまっては……、やらないわけにはいきませんから」

大池の表情は、さっきまでと一転して柔らかです。彼女が差し出したスマホの画面には、こう書かれていました。

〈私からもお願いします。例のたすきを着けて、毅然と走り抜けてください。　久坂椿〉

ナイチンは思い浮かべます。自転車隊のナースを通じて大池に依頼をしたあとに、機転を利かせて椿に連絡している小野の姿を。

ナイチンらは自転車隊としてふたたび任務につきました。

12時――――。

善村の頼みを引き受けた少年らが、陸橋下に自転車を降りて立っています。

少年らは50mほど先を歩いてくるみゆきの姿を見つけ、彼女のシューズの色を確認します。彼女のうしろに根津がついているのを見つけた1人が「男の人ときたよ」と言い、少年3人は善村に託された手紙を渡してもいいものか否か、急いで話し合います。手紙を頼んだおじさんは、そばに咲いていた雑草の花を踏んづけていたから、女の人にはもてないだろう、といった意見も出たあと、結局、約束通り渡すことになりました。
みゆきは受け取った手紙をさっと読み、根津にも読むよううながすと、少年たちに、どんな人に頼まれたのかたずねます。少年たちは根津をチラチラ見ながら、善村の顔や姿、それと手紙を託された場所などを語りました。手紙は次のように書かれていました。

月島みゆき殿

私はYと申します。以下についてナイチンさんにお伝え願います。

お伝えするのをうっかり忘れておりましたが、このマラソン大会で準備されているAEDのすべてのバッテリーを外しておきました。自転車隊の方たちと各救護所に置かれた分のすべてです。その作業もね、またしてもバイトを雇って頼みました。いやはや、散財です。

いざ使おうというときに使えないとあわててしまうでしょうから、あらかじめお知らせしました。AEDを心停止の1分後に使用すればおよそ90%の救命率。使用開始が1分遅くなるごとに救命率が約10%低下するんですよね。できるだけ早く使用することが肝要です。早く、早く、早く!

マラソンにAEDをスタンバイするのが普通となった現在、それが使えないなんて事態になると大騒ぎになることでしょう。それが世の中、群衆というもの。そりゃあもう、安心を奪われることにはヒステリックに反応します。

　誰かが心停止となり、沿道に立っている看護師などがＡＥＤを使おうとしたら、バッテリーがなくて起動しないなんて誰が予想できるでしょう。あたふたしているうちに時間が過ぎ、やっと気づいて本部にそれを連絡しているうちにまた時が過ぎ、その様子を見ていた人が、バッテリーの不備をネット上に書き……なんてことが起こりそうです。もしかして、その心停止の人を救命できなかったりしたら、どんな騒ぎになるのか、怖い！

　ナイチンさんがこのマラソンにかかわってさえいなければ……。

　あなたに救いの手をさしのべたいと思います。この手紙を読んだらただちにこの大会から手を引き、その足で古西のラジオ番組に行って、〈実力不足だとわかりましたので私はこの大会の救護班はやめます、いつも、みなさまを騒がせてごめんなさい〉と深くお詫びのコメントをしてください。

　そうしたなら、抜き取ったＡＥＤのバッテリーの隠し場所をおしえてさしあげますし、例の30名のランナーについてもわかる目印をおしえします。

　では、すみやかに行動してください。

みゆきはすぐさまナイチンに電話し、写真に撮った手紙をメールすると、少年らの証言を手がかりにＹを探しはじめます。

ナイチンら３人は、コース内の路肩に自転車を停車させ、いま、みゆきからメールで届いた手紙を読み終えたところです。

ケンはリュックを背からおろし、ＡＥＤを出して念のため確認していますが、バッテリーに問題はないようです。

それを見てリマが、ナイチンに語りかけます。

「もしかして一部だけ抜き取ったってこと？　医療機器をあえて壊す人を想定してないからね。どうする？」

「もちろん、手は引かない。それに、落ち着いて。こんな手紙で、私たちがあわててどうするの？　ＡＥＤはすべて、スタート前に点検しているでしょ。アメリカの統計では、マラソン大会参加者の心停止は５７０００人中１人。その率を今大会のランナー数９９１６人にあてはめたなら０・１７３人くらいだけど、どこで起こっても対応できるように、ＡＥＤや人員の配置は万全の対策を期しているから。もちろん、点検もね。もしも１つでもバッテリーが抜かれていれば、大問題だし、バッテリーが抜かれていない状態と遜色のない対応ができる策を新たに講じる必要があるけど、この手紙はハッタリね。このまま、任務続行で」

「了解！」とリマ。

「じゃあ、例のバイト30人の目印も、気にしなくていいんだね」

「関知しない。いままで通りどのランナーも同列に考えて見守って対応していくのが、いちばん効率よく救護できる」

するとケンが言います。

「あの、呼吸苦・喀血で救急搬送された若者だってさ、倒れたのは運動誘発性の発症、という気がする」

「そうそう！　あっ、言ってなかったね」とナイチン。「さっき小野に、あの若者の搬送先に確認してもらったら、各種緊急検査でどうやら運動誘発性だという診断だって。小児ぜんそくが自然治癒して以来持病はなかったらしい」

「つまり」とリマ。

「Yという人がバイトで雇った30人のランナーは、持病があるわけではなく、他のランナーと変わりないってこと？」

「そうね」

ナイチンが返しました。

13時22分。放送室――。

CM明けに古西は椿に目でオンエア再開の合図を送ります。

「トップランナーが11時14分にゴールしてから2時間ちょっとが経過しました。もう間もなく第四関門が閉鎖されます。まだまだ大勢のランナーが、ゴールまでのおよそ12㎞のコース内を走っているようで。追い込み漁を彷彿とさせます。

その後もチーム・ナイチンの自転車隊がこまめに対応しているのが見てとれました。マラソンのゴールをする前に人生のゴールをしてしまわないように、沿道を見守るナースの方たちも、タブレットに入力された情報を参考に、ゼッケンを確認しつつ声をかけていらっしゃるのがよくわかりました。ナイチンさんたちは、どちらかというと後方のランナーを中心に動いているようですね」

「はい。過去のデータを参考に、ランナー数の多いあたりをまわっているようです」

「先生。それ、はじめに伺っていれば、もっとナイチンさんたちの様子をとらえられたかもしれません。あっ。いま、急にストンと倒れた男性の姿をカメラがとらえました。仰向けになっています。大丈夫でしょうか。ほかのランナーがその人を大きく避けて走っていきます。

　おっ、自転車隊、あれは、ナイチンさんたちですね。倒れた男性の容態をチェックしはじめます。呼びかけたり、頬を叩いたり。そして医師の方が男性の胸に耳をあててますね。あっ、ナースの女性がバッグからなにかを、えーと」

「ポケットマスクですね、人工呼吸用の。彼女はチーム・ナイチンの倉沢ですね」

「そして、ナイチンさんは沿道のナースに手招きをして、そのナースがリュックをおろし、あっ、ＡＥＤですね。それを広げはじめました。

　チームの医師の方もＡＥＤを背負ってますが、いま、医師の方は急いでほかのことをしているようですし、まっ、どのＡＥＤ使っても同じでしょうからね」

「そうですね」

「あっ、倉沢さんが、沿道のナース、そして駆けつけてきたナースたちを呼んで、倒れた男性の周囲をぐるりと囲んで立ちはじめました」

「パーテーションの役割でしょう。臨時のプライバシーの確保です」

「なるほどー。処置の模様をカメラがとらえることはできなくなりましたが、大事なことですね。処置のスペースを確保する感じでしょうか、大きな輪の人垣になったナースのみなさん、足元の隙間から中が見えないよう、そこにリュックを置いていますね。えっと、スタッフの情報によりますと、とらえている映像の場所は、33㎞地点あたり。あっ、いま気づきましたが、もはやランナーのいない第四関門より前の沿道に配置されていたナースの方々は、第四関門以降の沿道に移動されているのですね、ナースと書かれたビブスを着た方がとても短い間隔で立っていらっしゃいますね。それと、残りのコースが短くなるにつれ自転車隊の数もスペースに対して多くなっています。

　私の友達のマラソンランナーは、30㎞地点からがほんとうのマラソンだ、ってよく言うんです。ここからが体力的に苛酷になってくるんでしょうねえ。膝を痛めたり下痢になったり、あと、余談ですが男性は乳首が擦れてしまったり。ランナーは身体の管理が大変ですねえ。今後、傷病者も多くなる可能性が高くなります。それにともない救護の配置人数も多くなっていく。ナイチンさんはその辺も計算済みでしょうか」

「もちろん、そうでしょう」

「この地点の沿道には、ふたばの森というネイチャーランドがあるようで、フェードアウトして大の字になって寝る誘惑にかられるなんてランナーもいそうです」

　ナイチンらが、倒れた男性の手あてをしている現場――――。

倒れ込み、ぐったりしていた男性が、パーテーションが完成するや否や、いきなり身体を起こし、ナイチンに話しかけました。

「あの、ナイチンさんですよね」

「ええ。そう呼ぶ方もいらっしゃいますね、吉岡さん」

「え？　あっ、どうして私の名前を？」

「ゼッケンに書かれてますから」

男性はしばし正面の空を見つめたあと、真剣な眼差しをナイチンに向けました。

「実は私、ある人物の秘書です。いや、たったいまから元秘書になろうと思います」

そこまで言うと吉岡は「その人物とは」と言いかけて、黙ります。

吉岡の妻の姉、つまり善村の長女は、善村との折り合いが悪く、遠く離れた地方で看護師として活躍していましたが、4年前に自死しました。そのことが、善村のナイチンをいじめる動機になっているのかもしれないと吉岡は思っています。そして、善村の悪事を止めないばかりか一端を担ってしまったことの罪をこれからしっかり償いたいとも。

「ん？　なんでしょう」とナイチン。

「いや、なんでもありません。その人物とは、Yです。ああ、私もイニシャルがYだから、ややこしいですね。Yは善村太郎のYです」

ナイチンとリマが、互いの目を合わせます。

「私は善村から指図を受けて、バイトランナーを雇いました。ただ、安心してください。ほんとうに病気を持っている人はいませんし、彼らにはすでにお金を渡しています。人数も５人です。善村はこのことを知りませんが。

あの人は、私にＡＥＤのバッテリー抜き取りまで指示してきました。さすがにそんなことは、私にはできません。でも彼は、私がほんとうに抜き取ったと思い込んでいるはずです。計画通りだと、手紙で脅迫してきたのではないですか」

「ええ。先ほど、受け取りました」

「でも、ここにナイチンさんがいるということは、やつの脅しに動じていないということですね。そうなるとやつは、あなたがこれまでに唯一動じた、あなたのお仲間のことで攻めてくると思う」

「…………」

「ちなみにナイチンゲール像を川に捨てたのもやつです。あなたたちの車に、石を投げたのも……」

そこへ、少し離れて別のランナーの対応をしていたケンがナイチンたちに近づいてきます。

「よかった。やはり、無事でしたか」

ケンは倒れた吉岡の胸に耳をあてた際に、すでに違和感を覚えていたのです。申し訳なさそうな表情の吉岡を尻目に、ナイチンとリマは、ケンとも情報を共有しました。

その頃、ふたばの森を、少年ら３人の案内で、みゆきと根津に刑事が合流して善村を探していました。


15時10分。放送室――。

ＣＭ終了直前に古西が、椿ではなくナイチンに目配せをします。

「さあ、いよいよ大会も終盤になってまいりました。いやあ、まさかのゲストが番組に駆けつけてくれました。ナイチンこと橘高朱理さんです。ようこそ！　この時間、急遽、椿先生が休憩をとることになり、代役を務めていただくことになりました」

「飛び入りでよろしくお願いいたします」

「完走タイムが4時間から5時間のランナーは、人数が最大になるといわれます。その人たちのフィニッシュの時間帯に、ゴール地点の救護所で活動をされて、一段落してやってきてくださいました。

トリアージと言うんですよね、傷病者の緊急度を仕分けることを。当番組のスタッフがナイチンさんのトリアージの様子を拝見しまして、それはもう、あっちむいてホイのごとくすばやく仕分けていたと報告してくれました」

「そんな仕草をしていた自覚はありません」

「ぱっぱぱっぱと、人体を透視しているみたいだともスタッフは言ってましたよ」

「観察データをしっかり入力してくれた野鳥研究サークルの方や救護ナースたちのおかげです。それと、あらかじめ、マラソン大会への出場回数や持ちタイムなどの必要情報をランナーが登録時に書いてくれていたのも参考にできました」

「え？　ナイチンさん、端末みながらやってた？　やってたのね。あっ、そう。はい。いまスタッフと話しておりました。ところで、飛び入りが得意なナイチンさん、なにかお話ししたいことがあるのですね」

「ええ。今日、自転車隊で一緒にまわっていた当チームの倉沢や犬江についてご紹介したいと思いまして」

「私も知っているのはお名前のみです」

「看護師の倉沢リマは、実は人に触られることが苦手なんです。とくに、不意に触られるのは。前に病院で入院患者の男性が、背後から倉沢の身体に触れてきて、彼女は咄嗟に反応したわけです。それを看護師が起こした暴力事件のように誤って伝えられることがありまして。ちゃんと訂正しておきたいのです」

「正当防衛、ということですね」

「はい。完全なる。そして医師の犬江は、耳をすますと聴力が増します。病院勤務時代に、緊急のために仕方なくその能力を使い、救命できたことがありました。それをセクハラ事件だと誤解される動きがありまして、まったくの誤解であることを改めてここに宣言させていただきたいと思います。では失礼いたします。救護はまだ終わっておりませんから」

「あっ、もう少し、椿先生の休憩のためにもう少しだけおつきあいくださいな。ねっ」

「では、少しだけ」

「あと10分経ち、15時20分になりましたらタイマーストップ、もうタイムは取らなくなりますね。ネットの生中継には、その前になんとかすべり込みたいランナーたちがゴールを目指しているのが映し出されています。

あっ、ナイチンさん！　政治家の黒滝さんから〝志のたすき〟を受けたという女性がゴールに向かっています。黒滝さんから引き継いだ派手で大きなたすきをかけて走っています。なにを思って走っているのでしょうか、笑い顔なのか泣き顔なのか、とにかく必死さが伝わってくるインパクトのある表情です。おや、沿道のお客さんに近づいたと思ったら、パンダとハイタッチしていますねえ。その隣の女性とも。お知り合いなのでしょうか。彼女の顔から苦しそうな表情が消えたというか、１００％の笑顔になりましたねえ」

「ええ」

「あら、ナイチンさんもこれまでにない笑顔を私に見せてくれました。あのパンダたちは何者なのでしょうか。ちなみに、走っている彼女は某大学病院の看護部長さんだそうですね」

「はい」

「スタッフが、さきほど、耳打ちしておしえてくれましたが、彼女の必死の走りは、大会のネット中継でも時折取り上げられていたそうで、ＳＮＳでも多くの人から共感と感動の反響があるようです。どうも、あの小さな哲学者、小川誓君、彼もこのことについて投稿していて、それを経由して知った人も多いようですね。〈看護師さん自らに訴えさせちゃまずいよね、看護を受けるわれわれが看護職廃止案に大声で反対しなきゃ〉といった声も出ているようです」

「そうですね」

と返しながらナイチンは、手元のスマホで、リマとケンについてさきほど話したことの反応がないか、ネットでチェックします。

「ただ、これは聞かなければいけないことだと思います。先日はおこたえいただけませんでしたが、看護職廃止案、なんであんなものを考えたんでしょうか。できれば今日、ここでこたえを聞きたいなあ。リスナーのみなさんも、そうなんじゃないですか」

「そうですか。おこたえできない理由もなくなりましたので、手短にお伝えします。まず、看護職廃止案は私がある講演の中でお話ししたものです。ですから、私がつくったことには違いありません。ただ、この案に賛成はしておりません。むしろ、反対するためにつくった案です。

　看護職がいなくなることが、ご自身やご家族の身に直接ふりかかる切実な問題であることを、ひとりでも多くの方に想像していただきたくて、廃止案という過剰な案を提示したのです。必要なときに看護職がいない、そんな状態を」

「そうだったのですね。ナイチンさん！　もう１問、聞いてみたくなりました。看護職ってどんな人たちなんですか？」

「ひとりの人を、病気のことだけではなく、その人らしい日々の暮らし、人間関係、社会活動、人生観など全体的にとらえたうえで、闘病、療養、健康保持のサポートを行う医療職です。では、失礼します」

「ナイチンさん！　最後に、あともう１つ。そんな看護師の祖と言われているナイチンゲールの７世として生まれて、よかったですか？」

「よかったです」

「あれ？　〈こたえません〉じゃないんですか。期待したんですけど。じゃ、どうしてよかったと思うんですか？」

「誰の子孫であっても、誰の子に生まれても、人はみんな、自分の人生を生きるんです。私も、私という一代を生きていくだけ。そういうことを考えさせてくれる境遇だと思うので」

「うーん、わかるようなわからないような。ではなぜ、2世から6世までの方は世の中に、それであることを明かさなかったのに、あなたは7世だと明かしたのですか？　そしてどうして、いまの活動をしているのですか？」

「出自を隠さず堂々と活動したいから。そして私なりに、がんばれそうなことを、がんばりたいだけです」

　穏やかな口調で返しました。

「あれ、今度こそ〈こたえません〉かと思ったんですが」


　ナイチンがほんのり笑みを浮かべながら古西に会釈して放送室を出ると、目に入ってきたのは老紳士を抱きかかえたゾンデでした。

「あ、いたいた！　ランナーじゃないんだけど、この人、ちょっと怪我しちゃって。ここで診てもらえませんか〜」

膝から血を流している老紳士は、ナイチンの問いかけにひと言も口を開きません。その顔は、なんだかくやしそうです。

「まったく、犯人は現場に舞い戻るってやつですかね〜。この人、私に気づいて、逃げようとしてこけちゃったんですよ」

そこへ、みゆきや根津が、警官とともに到着しました。沿道で聞き込みを続ける中、探していた人物らしき男がゴール地点近くで転倒し、本部に運び込まれたことを知ったのです。

ナイチンが応急処置を済ませると、顔を上げて老紳士にたずねました。

「Yさんは……あなたですね」

その翌日の夜――。

リマが、診療所の庭で酔いを醒ましながら、星を見上げています。

＊

ナイチンゲール様

長い準備の甲斐もあってマラソン大会は無事に終わり、その過程でナイチンと私ははじめて喧嘩らしい喧嘩もできました。喧嘩といっても、こちらが一方的にナイチンを非難しただけですが。

善村に脅された彼女が、黙ってケンと私を守ろうとしていたことはわかっていました。私はそれを彼女につっかかる材料にしたのです。

私が彼女にぶつけたかった思いは、1点だけ。ナイチンは、あなたについてつねに冷静に客観的に語り、褒めも貶しもしない。それをやめたほうがいいということ。

子孫の特権として、あなたの自慢や悪口を、ときに感情的になって、私ぐらいには漏らしたりしてもよいのではないか。そうすることでさばけるというかほどけるというか、人間味のようなものがいい具合で備わって、ストレスもたまりにくくなり、やがては頑固な片頭痛だってよくなるかもしれない、と、私はいつからか思うようになったのです。

この気持ちをそのままナイチンに話して、次のようにがんばって付け加えました。

「そういうことを言えないとしたら、つまらない人間！」

すると、やっと彼女はアイロンをかけながらなにやらつぶやきはじめ、だんだんと声が大きくなり、彼女は私に言いましたよ、あなたへのいろんな思いを。ぶつけるように。

これが私が願っていたナイチンの小さな変化です。あ、そうそう、さっきも予想外のことがありました。小さな変化が起きたあとだったから、ああいう展開になったのか、わかりませんが。

*

さきほどまで、診療所では昨日のマラソン大会の打ち上げが開かれていました。チーム・ナイチンのメンバー全員が集まり、シャンパンで乾杯したあとに雑談。昨日そのまま逮捕された善村がニュース映像に映され、すまし顔がうす気味悪かったこと、セイダイの看護部長の大池はネット上で一躍人気者になっているらしいこと、黒滝の評価も上々らしいこと、ゾンデは手紙を送りつけた犯人に心あたりがあったのか、マラソン完走後に善村を探しまわっていたらしいこと、さらに彼は上位で完走したものの国家公務員トップにはなれなかったこと、などについて。

予想外のことが起こったのは、散会となる少し前。酔いがまわってきた根津が、例によって見合い写真を見せようとしたときでした。いつもならナイチンが即座に「ノー」と返し、ケンが指で腿をトントンするはずですが、ナイチンとケンが少々照れくさそうに目を合わせ、それから2人して根津に視線を送り、ケンは左手で髪をかきながら、遠慮がちに右手の親指を立ててみせたのです。

その様子を見て、根津やリマをはじめ、その部屋にいる全員がすべてを悟りました。ただ、根津が「封筒の中の写真は、医師の犬江拳さんです」とまるで宣言するように言い放ったものですから、ナイチンは耳まで赤くして、あわてて退出してしまいました。根津は「やりすぎたかな？」と言いながら、ケンとガッチリと握手をします。リマや小野、みゆきもその輪に加わり、喜びを分かち合いました。ただ、それはごく短い時間で、ケンはナイチンを追ってそそくさと部屋を出て行きました。

「ようやく結ばれたってことかな」

リマがポツリとつぶやくと、根津は「写真を預かったのは3年前ですからねえ。どれだけ奥手なんだか……。告白したい人がもう1人あらわれて、そのことを伝えたら、さすがに奥手のケンさんも動いたということですかね」

「ナイチンも変わったし、自分も変わらなきゃと思ったのかもね」

「ああ、それもあるかもしれませんねえ」

「ところで、もう1人の告白者って誰？」

リマから問われた根津はかばんを取りに行き、封筒を手に戻ってきました。

「ん、まさかそれって……ゾンデ？」

「おお、冴えてますねえ、リマさん」

リマにとって、この推理は難しいものではありませんでした。封筒が厚労省のものだったのです。

「ちょっと前に〈ナイチンさんに見せようとしては拒まれてる開かずの封筒あるでしょう？　あれの次でかまわないので、この封筒を渡してくださいね。中身は、僕からナイチンさんやみなさんへの告白ですよ。ハハハ～〉って渡されましてね。まあ、みなさんと言うあたり、どうも愛の告白とは違うようなんですがね」

しばらくすると、ナイチンたちが部屋へ戻ってきたので、封筒がナイチンの手にわたり、ゾンデの告白はみなの知るところとなりました。

これを読んでいる頃、みなさんは何歳になっているでしょうか。

どうも私が以前、善村に渡した書類に、看護職廃止案の講演の半端なレジュメが紛れていたみたいで、彼はそれを悪用したようです。

ごめんなさいね。以上、告白でした〜。


一同が声を合わせて叫びます。

「ゾンデ〜！」

ここまで振り返ったところで、リマはナイチンゲールへの報告中だったことを思い出しました。空を見上げながら頭を整理し、ナイチンとケンの話も報告の「手紙」にしたためます。そのせいでいつもよりだいぶ長くなった報告を終えると、リマは「よかったけど……でも、ちょっと寂しいかな」と本音を漏らしました。

「どうしたの、相棒？」

いつの間にか、リマの横にはナイチンが立っています。

参考文献

●『看護の約束 命を守り、暮らしを支える』秋元典子（照林社）

●『新版 ナイチンゲールの『看護覚え書』イラスト・図解でよくわかる！』金井一薫（西東社）

●警視庁「令和4年中における行方不明者の状況」
https://www.npa.go.jp/safetylife/seianki/fumei/R04yukuefumeisha.pdf

●内閣府「平成29年度版高齢社会白書（概要版）」〈第1章 高齢化の状況（第2節 3）〉
https://www8.cao.go.jp/kourei/whitepaper/w-2017/html/gaiyou/s1_2_3.html

●oticon「聞こえの問題は、認知機能の低下に影響を与える」（2017年9月17日）
https://www.oticon.co.jp/hearing-aid-users/blog/2017/20170609

●全がん協加盟施設の生存率協同調査
「全がん協部位別臨床病期別5年相対生存率（2011-2013年診断症例）」
https://www.zengankyo.ncc.go.jp/etc/seizonritsu/seizonritsu2013.html

●厚生労働省「第2回医道審議会保健師助産師看護師分科会看護師等確保基本指針検討部会」
〈参考資料2：看護師等（看護職員）の確保を巡る状況〉（2023年7月7日）
https://www.mhlw.go.jp/stf/newpage_33854.html

●医学書院『医学界新聞』（2002年11月25日）「看護人員不足は生命に関わる」
https://www.igaku-shoin.co.jp/paper/archive/old/old_article/n2002dir/n2512dir/
n2512_09.htm#00

●厚生労働省「医療機関の未収金問題に関する検討会」〈2008年7月10日 報告書〉
https://www.mhlw.go.jp/stf/shingi/other-hoken_129203.html

●国士館大学 防災・救急救助総合研究所「国士舘 防災・救急救助総合研究 第3号」（2017年3月28日）
https://www.kokushikan.ac.jp/research/DPEMS/publication/

小林光恵（こばやし・みつえ）

作家。筑波研究学園都市在住。
東京警察病院看護専門学校卒業。
看護師をつとめたのち、
出版社の編集者を経て１９９０年から作家活動を開始。
著書に『おたんこナース』（小学館）の原案『ぼけナース』、
『ナースマン 新米看護士物語』（ともにＫＡＤＯＫＡＷＡ）、
『ナースがまま』（幻冬舎）、『死化粧－最期の看取り－』（宝島社）、
『こちら、ナース休憩室。』（ＰＨＰ研究所）など他多数。
現在ではエンゼルメイク研究会代表として、
病院や在宅でのエンゼルケア（死後ケア）の検討・執筆など、
活動の幅を広げ続けている。

編集協力　宮田文郎、五十嵐中
カバーイラスト　加藤木麻莉
ブックデザイン　鈴木成一デザイン室
校正　東京出版サービスセンター

本書は書き下ろしです。

ナイチンゲール7世

2024年5月20日　初版第1刷発行

著者　小林光恵

発行人　永田和泉
発行所　株式会社イースト・プレス
〒101-0051
東京都千代田区神田神保町2-4-7 久月神田ビル
TEL：03-5213-4700
FAX：03-5213-4701
https://www.eastpress.co.jp

印刷所　中央精版印刷株式会社

ISBN 978-4-7816-2215-6